Engelbert Rittinger

Verschiedene Verhältnisse

VUdAK
Budapest 2001

VUdAK-Bücher

Veröffentlichungen des Verbandes Ungarndeutscher Autoren und Künstler

Reihe Literatur Band 7

Herausgegeben von Johann Schuth

Engelbert Rittinger

Verschiedene Verhältnisse

Ausgewählte Werke

VUdAK
Budapest 2001

Die Herausgabe dieses Buches wurde durch freundliche Unterstützung des Ministeriums für das Nationale Kulturerbe und der Gemeinnützigen Stiftung für die Nationalen und Ethnischen Minderheiten ermöglicht

Die Deutsche Bibliothek – CIP-Einheitsaufnahme
Rittinger, Engelbert:
Verschiedene Verhältnisse: Ausgewählte Werke / Engelbert Rittinger. – Budapest: VUdAK, 2001
(VUdAK-Bücher : Reihe Literatur; Bd. 7)
ISBN 963-8333-05-7

Titelblatt: Robert König
Foto: Bajtai László

VUdAK – Verlag des Verbandes Ungarndeutscher Autoren und Künstler
Budapest, Lendvay Str. 22 II. H-1062
Anschrift: Budapest, Pf. 224, H-1391
Telefon: +36 1/302 68 77, +36 1/302 67 84,
Fax: +36 1/269 10 83
E-Mail: neueztg@mail.elender.hu

Satz: Neue Zeitung Stiftung, Budapest/Héra István und CompPress, Budapest

Auflage: 1500

Druck: aguti4 Druckerei
Fünfkirchen/Pécs, Verseny Str. 17 H-7622

Printed in Hungary

Parallele Gedanken

ICH NAHM DIE FEDER

Ich nahm die Feder in die Hand
und wollte mal probieren,
ob noch geeignet mein Verstand
zum schwäbischen Studieren.

Ach, mühsam bring ich Worte her,
sie wollen sich nicht fügen,
der Sack der Wörter ist fast leer –,
man müßte es bloß üben...

Meines Erbes schönste Sach,
die ich bekam als Schwabe,
das ist die liebe Muttersprach,
als meiner Eltern Gabe

Reichen wir brüderlich die Hand
und singen unsre Lieder!
Zur Arbeit ruft das Vaterland,
da sind wir alle Brüder

1973

PARALLELE GEDANKEN

Wenn ein Kaufmann heutzutage
seine Ware loben will,
braucht er neben seiner Waage
einen ganz „modernen Stil“:

„Meine Herren! Meine Damen!
Schnell, wer günstig will das Ding!
Welch Glück, daß Sie heute kamen!
Denn der Vorrat ist gering...

Schön und preiswert! Werden's lieben!
Und 'ne prima Qualität!
Vom Export zurückgeblieben!
Wenn ich nur noch viele hätt...“

„Vom Export zurückgeblieben“
halten wir uns alle stolz;
wollen unsrer Heimat dienen –
wir, das ganze Schwabenvolk.

Brot erzeugen, Häuser bauen,
und wie unser Land gedeihn,
Kinder lehren, daß sie taugen:
Was könnte noch schöner sein?

1973

VERSCHIEDENE VERHÄLTNISSE

Es dämmerte nur ein Licht ganz fahl,
der Hahn machte sich grad ans Krähen,
als Bauer und Sohn beim ersten Strahl
zur Wiese gingen, damit sie mähen.

Den Kopf gesenkt, so ganz gleichmütig
taumelten beide am Wege fort,
denn Leib und Seele waren schläfrig,
keiner sprach so ein einzig Wort.

„Werden wir heut damit fertig sein?"
fragte beim Ziele der Bauer.
„Oh! Bloß ein Mann und ein Bübelein?!"
erwidert der Bursche sauer.

Am Abend hängen sie auch den Kopf,
es lastet des Tages Mühe drauf;
jetzt kommt die Frau mit dem vollen Topf –
da leuchten des Knaben Augen auf...

Der Bauer sagt, den Löffel fassend:
„Bewältigen wir auch das, mein Kind?"
Der Junge, schon aufs Essen passend:
„Ei! So zwei Männer, wie wir sind?!"

1974

STEIGERUNG

In dieser Heimat bin ich Schwabe,
hart, wie der Eiche Holz;
Selbstbewußtsein, Recht und Habe
erfüllen mich mit Stolz.

Wenn mich Leute locken wollen,
Auslands-Reichtum loben,
halten mich der Ahnen Schollen,
zieht mich Ungarns Boden.

Fährt ein Raumschiff durch das Weltall,
worin Menschen reisen,
halte ichs für u n s e r Denkmal,
stolz, auch M e n s c h zu heißen.

1974

DIE HEUTIGE JUGEND

Die Jugend gibt seit tausend Jahren
die immergrünen Themen:
„Sie ist nicht, wie die Väter waren,
hat andere Probleme.“

Die Alten haben ihre Saaten
gelehret und geholfen,
wenn aber Junge Neues taten,
da wurden sie gescholten.

Dabei vergaßen wir die Tugend,
ihr Brüder und ihr Schwestern:
daß auch wir einst „die heut'ge Jugend“,
– doch weh! – das war schon gestern...

Was heute wir „die Jugend“ nennen,
ist Schöpferkraft von morgen,
ist zukünftiges Lebensrennen
samt allen ihren Sorgen!

Die Jugend ist des Lebens Fortschritt,
erbt sie auch ihre Waffen:
sie kommt noch mehr, noch weiter hinweg
von dem Geschlecht der Affen...

1974

MORGENROT

(In memoriam des 28. 11. 1944.)

Heute sind es dreißig Jahre,
daß ich den ersten Russen sah:
müde Augen, wirre Haare,
Stoppelbart – so stand er da...

Die Waffen fassend in der Hand
streng auf uns gehalten
traten aus der Nebelwand
verschwommene Gestalten.

Unsre Wangen wurden bleich,
die Stirnen naß im Nu,
doch riefen wir ihnen gleich
ein „Idtji suda!" zu.

Sie traten alle ein.
Zwölf Mann, mit steifem Schritt.
Wir hatten Brot und Wein
und sagten: „Kommt, eßt mit!"

Dann füllten wir die Flaschen,
sie sagten: „Charascho!"
Wir konnten auch schon lachen
und waren alle froh...

Es waren schwere Stunden...
Wir sahen voller Wonne:
der Nebel ist verschwunden
und draußen schien die Sonne!

1974

DER AKTIVIST

Ich bin Verbindungsmann
und such mit vollem Fleiß,
wer schöne Lieder kann,
wer alte Bräuche weiß,

dabei kommt auch zutag
das Leben unsrer Zeit,
viel Wünsche, manche Klag –
des Alltags Wirklichkeit.

W a s ich den Leuten sag
sei eingraviert in Erz!
W i e ich's zu sagen hab,
das flüstert mir mein Herz:

Gemeinsam, Hand in Hand
– vergessen wir das nicht! –
verschönern dieses Land
ist unser aller Pflicht!

1974

DISCHKURS

Meine Frau, die möcht ein Häuschen haben;
ich gebe ihr auch recht.
Ein Häuschen hätten alle Schwaben,
darum fühle sie sich schlecht...

„Läßt immer unser Geld verderben,
verschiebst's von heut auf morgen!
Werden wir je ein Haus erwerben?"
„Mach dir doch keine Sorgen!"

„Jede Tugend hast erkoren,
für die du Schwabe heißt,
doch eine dieser ging verloren:
das ist der Wuchergeist!"

„Uns voneinander nie entfernen!
Dann halten wir's schon aus:
erst sollen unsre Kinder lernen,
dann bauen wir ein Haus!"

1975

HEUTE SOLLEN LIEDER SCHALLEN...

Heute sollen Lieder schallen
in der ganzen Welt,
daß die Berge widerhallen,
weil es uns gefällt!

Frühlingssonne scheinet,
blauer Himmel lacht,
der alte Mond durchbeinet
die ganze lange Nacht:

Juchheja! Juchheja!
Beendet ward der Krieg...
Juchheja! Juchheja!
Das war der Menschheit Sieg!

Heut singen wir und tanzen
und wollen fröhlich sein,
denn voll ist unser Ranzen
und gut ist unser Wein...

Haltet doch mal Pause!
Seid ein wenig still!...
Hört ihr das Gebrause?
Spürt ihr, die Luft wie schwül?...

Nicht in allen Ecken
unsrer kleinen Welt
hat man warme Decken,
genügend Brot und Geld!

Juchheja! Juchheja!
Beenden wir den Krieg!
Juchheja! Juchheja!
Das wär der schönste Sieg!...

1975

UNSERE WELT

Ich stehe am Fenster
und schau hinaus:
da spielen Kinder,
dort baut man ein Haus...

Wir tun nichts vergebens,
wir brauchen das Geld
fürs Ziel unsres Lebens:
verschönern die Welt.

Dazu braucht man Frieden
und Arbeit und Brot,
die Mitmenschen lieben,
und nirgends sei Not!

1975

VORWÄRTS!

Ein Ziel muß man haben,
dem man entgegen geht,
das auch an trüben Tagen
hell vor den Augen steht.

Glauben muß man haben,
daß man das Ziel erreicht;
auch Kraft zum Sorgentragen –
gemeinsam ist es leicht.

Erfolg muß man auch haben,
Beweis für jeden Tag,
daß nicht umsonst der Glauben,
die Sorgen, Kraft und Plag.

Wenn wir uns bemühen,
bekommen wir auch viel:
mit gewissenhafter Arbeit,
erreichen wir das Ziel!

1975

EHRENSACHE

Die Fremdsprache lernen ist nützlich,
die Muttersprach lieben ist Pflicht;
halte die andren in Ehren,
vergiß aber die eigene nicht!

1975

TRINKLIED

Blauer Himmel, helles Bier!
Heute abend trinken wir.
Juchhe! Juchhe!
Heute abend trinken wir!
Ob es Bier ist oder Wein,
heute wolln wir lustig sein.
Ob es Bier ist oder Wein –
heut wolln wir lustig sein! He!

Wenn wir auseinandergehn
sagen wir: „Auf Wiedersehn!"
Juchhe! Juchhe!
Sagen wir: „Auf Wiedersehn!"
Morgen kommt die Arbeit dran,
da stehn wir auch unsern Mann.
Morgen kommt die Arbeit dran,
da stehn wir unsern Mann! He!

1976

SCHNAPPSCHUSS

Wenn ich im Garten spaziere
und unter den Obstbäumen steh,
bei leeren Gedanken stagniere
und nur die Vergangenheit seh,
da tönt ganz tief im Bewußtsein
ermunternd ein winziges Horn:
„Staune nicht lange nach hinten,
geh immer gerade nach vorn!“

1976

FERNE DER HEIMAT

Ich bin ganz weit in Mecklenburg;
wart abends auf die Sterne
und fühl den ganzen Tag hindurch:
zu Hause wär ich gerne.

Die Kühe sind nicht unsern gleich,
voll Birken all die Wälder,
sogar die Sonne scheint mir bleich,
kein Mais steht auf den Feldern.

Die Leute sind hier alle nett,
mir müßte es gefallen,
doch traurig liege ich im Bett –
da hör ich Lieder schallen!

Auf einmal wird mirs warm ums Herz,
die Heimat scheint ganz nahe,
verschwunden ist der innre Schmerz
das tat Musik und Sprache.

1976

UNSERE FAHNE

Rot lacht der Mund meines Liebchens,
rot, wie das muntere Blut,
rot glühn die feurigsten Weine
und rot glimmt die schlummernde Glut.

Weiß reihen sich unsre Häuser,
weiß, wie die Segel zur See,
weiß blühn die lieblichsten Blumen
und weiß blitzt der schimmernde Schnee.

Grün ist das ewige Leben,
grün, wie im Frühling der Wald,
grün ist die Flur meiner Heimat
und grün heißt bei uns auch „nicht alt“.

Rot ist die Farbe der Liebe,
Reinheit bedeutet das Weiß,
Grün ist das Symbol der Hoffnung
zum Beßren mit Arbeit und Fleiß.

Rot-weiß-grün – unsre Fahne,
das Leben, die Lieben, das Land,
und Treue zum heiligen Frieden,
den wir schützen mit Herz und mit Hand!

1977

ZUM TAG DER VERFASSUNG

Schmale Rechte, dicke Pflichten,
harte Arbeit, karges Brot,
Zwistigkeiten, Kriegsgeschichten,
rauhes Leben, früher Tod:

diese Fakten hatten damals
die Großväter erlebt, gesehn;
in der Schmiede ihres Schicksals
mußten sie am Blasbalg stehn.

Heute schwingen wir den Hammer
und schmieden unsrer Kinder Glück;
Rechtlosigkeit, Blut und Jammer
wollen wir nimmermehr zurück!

1977

RECHENSCHAFT

Nahe schon die Jahreswende,
da schauen wir zurück:
wieder ist ein Jahr zu Ende
und hold war uns das Glück!

Den Frieden wollten wir behalten –
der war uns auch beschert;
die Kraft, das Schicksal zu verwalten,
haben wir vermehrt.

Was wir uns stellten einst zum Ziel,
erfüllten wir durch Taten,
dabei half uns der Besenstiel
genauso wie der Spaten.

Was immer man für Arbeit macht:
zum jahrendlichen Feste,
zur kollektiven Rechenschaft
leiste man das Beste!

1977

WEIHNACHT

Tannenbaum, oh Tannenbaum!
Frühling, Sommer merkt dich kaum,
doch reich belastet, schön geschmückt
bist du aller Kinder Traum.

Weihnachtsbaum, oh Weihnachtsbaum!
Du bist zwar nur ein Nadelbaum,
doch reine Luft und guten Duft,
Frieden bringst in jeden Raum.

Kerzenschein, oh Kerzenschein!
Schwach ist nur dein Strahl und klein,
doch unterm trauten Weihnachtsbaum
dringt er bis ins Herz hinein.

Winterszeit, oh Winterszeit!
Beschneite Häuser weit und breit...
doch hinter viele Fensterlein
zauberst Glück und Heiterkeit.

1977

FRÜHLINGSHARREN

Noch nie hab ich so heiß gewartet,
daß es endlich lenzen soll,
gelauert, wann der Frühling startet
mein Herz pocht täglich fast wie toll...

Ist mein Brennholz ausgegangen?
Läuft das Leben mir zu still?
Hat das Altern angefangen,
weil ich den Winter nicht mehr will?

All dies kann es nicht erklären,
weshalb ich auf Nadeln sitz,
andres Ziel hat mein Begehren,
andre Ursach macht mir Hitz:

mein Höfchen hab ich umgegraben,
Stauden, Bäume angesetzt,
Erde, Dünger beigetragen –
auf ihr Gedeihen wart ich jetzt...

Darum, ihr Bären und ihr Dachse,
bringt Frühlingswetter, Sonnenschein,
daß jedes Bäumchen kräftig wachse –
ich brauche sie zum Glücklichsein!

1978

MEIN VATERLAND

Wo sich der Donau Wellen wiegen
und schwatzend fließt die blonde Theiß,
wo die grünen Hügel liegen,
da troff schon meiner Ahnen Schweiß.

In diesem Land bin ich geboren
und atme seine freie Luft,
es ist zur Heimat auserkoren
von der Wiege bis zur Gruft.

Hier lernte ich die Liebe kennen,
so mancher Ort ist mir bekannt,
der Blumen Namen kann ich nennen,
die Leute sind mir wie verwandt.

Gemeinsam pflügen wir die Felder,
hämmern, wenn das Eisen glüht,
bewahren Sitten, Tiere, Wälder,
durch die unsre Heimat blüht.

Wir wollen es als Erbe legen
unsren Kindern in die Hand,
daß sie es mit Liebe hegen,
unser teures Vaterland.

1978

MUTTERSPRACHE

Muttersprach!... Den ersten Laut
hörten wir aus Mutters Munde,
deshalb bist du uns so traut
seit des Lebens erster Stunde.

Zauberhaft singen die Töne
als Resonanzen in dem Ohr
deiner Töchter, deiner Söhne,
wenn du erklingst im Sprachenchor.

Allmählich erringst du wieder
deinen wohlverdienten Platz,
herrlich schallen unsre Lieder,
unsres Erbes schönster Schatz.

Nichts soll deine Route hindern,
Muttersprache, deutsches Wort!
Lebe du in unsren Kindern
und in unsern Enkeln fort!

1978

GOLD UND SILBER

Das Schweigen halten wir für Gold,
für Silber nur das Reden;
nicht immer ist das Glück uns hold
das Rechte tun im Leben.

Reden fordert die Gedanken –
und wenn auch nur gemeine –,
schweigen kann man voll Gedanken,
benötigt aber keine.

Der Dumme spürt des Wissens Druck,
es will heraus mit einem Ruck –
das Schweigen fällt ihm schwer;

wohlbedacht spricht nur der Kluge,
er beißt sich lieber auf die Zunge –
doch niemals quatscht er leer!

1979

MENSCHLICHES UNRECHT

Ein Bursch wollte sagen,
was seine Meinung wär –
man packte ihn beim Kragen
und gab ihm diese Lehr:

„Sei ruhig und halt das Maul,
und eines sei dir klar:
gescheiter ist der Gaul
als wie das Füllen war!"

Als Mann faßt er das Wort –
man macht ihn wieder stumm:
Ein Alter nickt sofort
er sei noch jung und dumm.

Das Leben floß dahin,
sein Haar färbte sich weiß;
nach Reden stand sein Sinn –
dabei ward er ein Greis.

Noch einmal wollte er
beraten in der Not;
„Die Jungen wissen mehr!" –
hieß es, da war er tot.

1979

DER SCHLAUE BETTLER

Ein Bettler trat ins Haus
und grüßte nur aus Pflicht;
die Leute hielten Schmaus,
er sah vor Hunger nicht.

Er sagte: „Guten Tag!"
und sie murmelten auch...
„Ob ich was essen mag?"
Verstand des Bettlers Bauch.

Der Bettler meint jetzt sacht:
„Wünsch guten Appetit!"
Doch deren keiner sagt:
„Komm her und halte mit!"

Niemand wollte fragen,
ob er nicht hungrig ist,
da spornte ihn sein Magen:
„Jetzt greife mal zur List!"

„Dort draußen ist heut kalt",
meint die Frau gemessen;
der Bettler mit Gewalt:
„Ich habe schon gegessen..."

„Kalt ist draußen heute!"
schrie nun schon der Hausherr.
„Danke, liebe Leute!"
erwiderte der Bettler,

Nun zeigten sie mit Faxen:
Dort draußen wäre frisch!
Er zuckte nur die Achseln und –
setzte sich zum Tisch.

1979

GETRENNT

Als ich mit Dir zusammen war,
wars aus mit meiner Ruh;
sanft streifte ich Dein blondes Haar –
da schlugst die Türe zu...

Gern hätte ich Dir noch gesagt,
wie gut Du mir gefällst,
und spannend hätte ich gefragt,
mit wem Du Dich gesellst...

Dann wollt ich furchtsam auch gestehn,
wie teuer Du mir bist;
und hätt ich Deinen Hang gesehn –
so hätt ich Dich geküßt!...

Doch aus alldem wurde nichts –
und besser ist es so:
jeden Tag denk ich an Dich –
und immer bin ich froh!

1980

SILWRI HOCHZET

(Fir meine Fraa)

Fenfunzwanzich Joahr! Millione von
Sekunde!
Wu seid r hie? Wos hod r uns geprocht?
Ihr seid so schnell, so rasend schnell
vrschwunde!
Wos hon mr d inzwesche nur gemocht?

Als junger Mann, voll Ambitio un Pläne,
hon ich in klane Dirfer unerricht;
to woar noch kroßi Oarmut, viele Träne,
un fir sei Oarwet hot mr kaams wos kricht...

Waaßt noch, wiest stolz woarscht of tie
erschte Stihl?
E jeder Gost hot s mißt ausprowier;
tie Wohnung woar in Winder woarm, in
Sommer kihl –
un die lustigst Gsellschaft hade immer mir

Un die Kenn! Wos woar des fir e Freit,
wie tie die erschte Schritte hon gemocht!
Von to o do rennt nur so die Zeit,
a wenn mr s zu halle hätt getrocht...

Tie silwer Hochzet, mit silwerweiße Hoar,
feiern mr minant mit unsern äldern Kennt.
Ich wähl von neiem wieder Dich als Poar
un winsch uns Klick pis unser Lewesend!

1980

FORTSCHRITT

Man sagt, es gäbe nichst mehr Neues unter der
Sonne.
Mag sein; doch auch vom Alten liegt noch manches
im Dunklen,
tief verborgen vor unsrer Vernunft.
Viele hundert der Muscheln werden geöffnet,
bis endlich Mal eine Perle zum Vorschein kommt.
Bis dahin scheint jedes Stück dem Taucher von
gleichem Wert zu sein,
und das Öffnen an sich schenkt ihm ein großes
Entzücken.
Genau so steht es auch mit Schönheit und Wissen:
von hundert scheinbar Schönen ist nur eine auch
wirklich schön,
der Kleider Hülle verbirgt es aber vor unseren
Augen,
welche der Vielen die einzige Schöne ist.
Vermutung spielt sogar eine größere Rolle beim Reiz
als direkte Erfahrung...
Dem neugebornen Kind ist die ganze Umwelt neu.
Aus diesem Verhältnis läßt sich auf einiges folgern:
die Sehnsucht nach Kenntnis bereitet Vergnügen
und spornt auch zu weiteren Forschungen an.
Als Regenbogen schwebt vor uns das unerreichbare
Ziel:
glücklich sein im Bestreben nach all dem Wissen und
Können.
Im Suchen entdecken wir hie und da etwas Neues
vom Alten,
und das ist dann immer ein Fortschritt der
Menschheit. Dabei

gibts manchmal auch Blumen zu pflücken am Rande
des Weges,
denn: andren Menschen Freude bereiten
bedeutet auch Freude für uns selbst.
Drum brechen wir auf und gehen wir weiter,
sofort so fort – dem Regenbogen nach!

1980

DIE BLINKLEUCHTE

(An Erika Áts)

Wer fragt Dich denn
wenn Du vor ihm
am Kreuzweg stoppst,
dein Herz den Takt
mit achtzig blinkt,
woher Du kommst?
Wer Augen hat,
der muß doch sehn –
wie sich die Sonn
im Pfauenrad
beim Waschen sieht –,
wohin Du willst;
und das genügt.
Beim Grün geht es
dann sausend los...

1981

VERBUNDENHEIT

Morgens,
wenn ganz früh die Sonn aufgeht
fällst mir schon ein;
mittags,
wenn sie hoch am Himmel steht
bist du auch mein;
abends,
wenn sie müde zur Ruhe sinkt
denk ich an dich;
nachts,
wenn der Himmel voll Sternen blinkt
besuchst du mich
im Traum
als Sorgen
für morgen:
alltägliche Pflicht!

1982

WOHLSTAND

Früher hatten viele manchmal genug zu
essen;
heute kann sich jeder die Schlankheitskur
erlauben.

1982

WEISE UND TOR

Der Alp spinnt seinen gleichen Zwirn,
was immer er auch tut;
wir sehen ihm schon ins Gehirn,
drum sind wir auf der Hut.
Der Kluge denkt, manipuliert,
stellt immer Neues dar;
man weiß nicht, wie er reagiert
darin besteht Gefahr!

1982

KRITIK

Mein Freund, ich sage dir ganz leise:
falsch der Gedanke, den du pflegst!
Bist nicht unbedingt schon weise
wenn du eine Brille trägst...

1982

AUSSICHT BEI NEBEL

Ringsumher kriecht dicker Nebel,
nirgends blinkt ein Schimmer vor;
schon seit gestern drückt der Frevel...
Bleibt es nun für immer so?
Wir sitzen da mit trüben Augen,
traurig tönen unsre Lieder...
Wenn die Bienen Honig saugen
kommen auch die Schwalben wieder?!

1982

ABSCHIED VON BEERHEIDE

Mit reinem Gewissen,
auf weißem Kissen,
in frischer Luft
da schläft man gut;
das hatten wir,
drum gefiels uns hier.
Wir müssen gehn –
auf Wiedersehn!

1982

NACHWORT

...Als wir der Rede Faden fanden
plaudertest am meisten Du;
schweigend bin ich dagestanden
und hörte Deinem Zwitschern zu.

Doch die Zeit war fortgeschritten,
das Abendmärchen längst vorbei,
Hunde haben sich gestritten,
welcher heut der Wächter sei...

Wir mußten uns die Hände reichen,
ich wünschte Dir noch gute Ruh,
dann ging ich langsam, frohen Herzens,
sinnend meiner Herberg zu.

Auf der Straße gingen Leute
merkbar aus der Kneipe heim;
man sah, sie sind des Trinkgotts Beute,
er fesselt sie an jedem Bein.

Ich hätte auch noch gern getrunken,
doch diesmal war mir Wein zu billig
durstend bin ich hingesunken –
und wünschte mir noch lange – Mil(li)ch...

1982

LIED DER UNGARNDEUTSCHEN

Ackerfelder, Teiche, Flüsse,
Wälder, Wiesen, Berg und Tal...
Freudig wollen wir dich grüßen,
Heimatland, vieltausendmal!

Deine Kinder deutscher Zunge
hegen dich mit braver Hand –
deine Luft nährt unsre Lunge,
Ungarn, liebes Vaterland!

Wenn wir unsre Wege gehen,
werden Sprache, Sitten blühn
und in freiem Winde wehen
unsrer Fahne Rot-Weiß-Grün.

Überall haben wir Brüder:
hier und in der ganzen Welt;
„Arbeit und Frieden!" heißt die Losung,
die uns fest zusammenhält.

1982

VÄTER UND SÖHNE

Unsere Väter suchten in harten Kämpfen
ihr Recht zu den Pflichten;
ich meine das Recht zur Arbeit.
Unsere Kinder fühlen sich nimmer
verpflichtet,
ihre Rechte zu üben; ich meine
die Muttersprache.

1982

SACHLICHKEIT

Ein jeder Mensch hat Fehler –
große oder kleine –,
das wissen wir,
auch du;
die unsrigen sind schmäler –
es sind ja fast gar keine –
das meinen wir, auch ich...

1982

EPOCHEN DES LEBENS

Die Zukunft gehört den Kindern,
die sich – vorsichtslos und rücksichtslos –
nur um die Gegenwart kümmern;
wer von Tag zu Tag
um die Zukunft besorgt ist,
verschwendet alle Kraft
für die Sorgen der Gegenwart;
wenn dich aber nur noch
die Erinnerungen beschäftigen,
dann hast du keine Zukunft mehr...

1983

MAN BRAUCHT HALT EIN HERZ

Erziehst du kleine Kinder? –
Dann brauchst ein großes Herz;
mußt mit Geduld und Liebe
verstehen Ernst und Scherz;
sollst oft mit ihnen spielen,
auf ihr Geplapper hörn,
erzählen von den Zielen
und – gar nichts darf dich störn.

Hast du erwachsne Kunden? –
Dann sei verständnisvoll!
Ihr Herz ist voller Wunden,
gebärden sich wie toll;
erhöre ihre Pläne,
bemerke ihre Freud,
hilf trocknen ihre Tränen,
hab Teil an ihrem Leid!

Betreust du alte Leute? –
Dein Herz sei jung und gut,
sein Kraftwerk sei der Liebe
und des Dankes Glut;
sie sind ja so empfindlich,
ihr Anspruch ist gering,
die Wünsche wieder kindlich,
ihr Gemüt – ein Schmetterling.

Und was auch deine Arbeit,
und was auch dein Beruf:
ein Herz mußt du halt haben,
Geduld auf höchster Stuf...

1983

VERLASSEN...

Mein Englein, das hat mich verlassen
und sagte kein einziges Wort;
durchs Fenster sah ich auf die Straßen,
dort ging es und war auch schon fort...
Ich blieb noch; umher viele Leute,
ich fühlte mich dennoch allein.
Wo geht sie? Was tut sie? Was denkt sie?
Wo mag sie denn immer noch sein?

1983

ERSCHEINUNG

Heut kam mir die Schönheit auf dem Radel
entgegen...
Ich blieb vor Entzücken am Straßenrand
stehn
und konnte kein einziges Gliedchen bewegen,
vergaß, daß ich über die Straße wollt gehn.

Bei jedem Pedaltritt erblickt ich die Beine...
Mir näher gekommen, errötete sie,
pedalte nicht weiter und schmunzelte feine
und – zog ihre Kleider bis über die Knie.

Ich schaute noch lange und dachte besonnen,
daß ich mich nun wieder beruhigen kann,
denn soeben hab ich Beweis bekommen:
man erkennt in mir auch heut noch den
Mann...

1983

AN DEN KONGRESS

Wie ein großer Januskopf
mit doppeltem Gesicht
packst schon das nächste Jahr beim Schopf
und erstattest auch Bericht.

Dein Rückgesicht schaut weit zurück
auf mehr als zwei Jahrzehnt:
verwirklicht siehst ein gutes Stück,
das einst geplant, ersehnt.

Dabei hast vieles durchgemacht,
erwarbest Ruhm, Erfolg sogar;
Erfahrung macht dein' Plan bedacht –
durch Arbeit wird er wahr.

Nun setze auf die andre Stirn
die voraussehende Brille,
zu Taten sporne das Gehirn,
der schöpferische Wille!

Viele Herzen, viele Hände –
geleitet von vereintem Sinn –
durchbrechen manche starken Wände...
Gib das Zeichen zum Beginn!

1983

ZEIT IST GELD

(Nach meiner ersten Flugreise)

Nun sah ich die Welt mal von oben –
für mich wars der neueste Stil;
besonders kann ich sie nicht loben,
weil das Fliegen mir gar nicht gefiel.
Doch trotzdem darf ich nicht viel klagen:
man brachte uns Essen und Wein,
ich denke, damit wir nicht zagen,
um etwas beschäftigt zu sein...
Ich hockte direkt an dem Fenster
und schielte besonnen hinaus:
es faßt uns ein Riesengespenster
und hebt uns mit riesigem Braus!
Erst seh ich der Hauptstadt Gewimmel,
Gebäude sind da ohne Zahl,
dann ziehts uns empor bis zum Himmel,
die Erde – nur Wolken im Tal...
Ich mach mich ans Essen und Trinken;
das ist für die Nerven ein Test;
jetzt scheint die Maschine zu sinken –
ich halt mich am Armsessel fest!...
Hol doch der Deixel das Beben,
jetzt eß ich und trink meinen Wein!
Man stirbt ja nur einmal im Leben –
warum soll das durstiger sein?
Unser Kap sagt, dort unten die Lichter
bedeuten das goldene Prag;
gespannt schau ich auf die Gesichter:
kaum einer, der nausgucken mag...

Und sieh! Da erscheint auch schon Dresden!
Ich sehe den Zwinger, den Fluß,
das pulsierende Leben der Straßen,
den Flugplatz – beleuchtet zum Gruß.
Das Flugzeug macht noch eine Runde
dann landet es auf dem Beton:
wir flogen doch bloß eine Stunde
und siehe – da sind wir auch schon!
Wir alle entsteigen dem Fahrzeug –
ein jeder als Heldin und Held –,
das Fliegen hat uns bewiesen:
die Zeit kostet heute – viel Geld!

1983

AM PLATTENSEE

(Zum Gedenken an Dr. Johann Krauth)

Wenn die Winde lauernd liegen
in den Bergen überm See,
flinke Vögel flatternd fliegen,
Segel flittern weiß wie Schnee
wandle ich so gern alleine
an dem Ufer hin und her,
wünsche mir: ach, wenn nur meine
Liebste in der Nähe wär!...
Gedanken zucken, schweifen, schwinden,
alle Dummheit fällt mir ein...
Könnte man sein Schicksal winden
und nicht ausgeliefert sein?...
...Unbeholfner kleiner Junge,
der ich vor vielen Jahren war!
Armer „Landsbub“ zwischen Städtern,
mein „Ungrischkönnen“ – ach, wie rar!
Zum Erlernen dieser Sprache
hat uns der Lehrer Zeit „geborgt“;
war das eine schwere Sache –
doch wir haben sie „besorgt“...
Ja, mein Freund, der Gommermann,
Professor in Amerika...
...Auch ich bin nicht ganz unbekannt
und noch manche sind wir da...
Unser Volk ist aufgewachsen,
gleichberechtigt, selbstbewußt,
wir bauen alle unsre Zukunft
mit zielstrebiger Arbeitslust.

Ruhm und Reichtum – saure Trauben,
rauben einem nur die Ruh;
verlaß dich nicht auf Glück und Zufall,
wende dich der Arbeit zu!
Man sagt doch: sie versüßt das Leben,
sie erhält unser Geschlecht,
Zweck und Ziel kann sie uns geben,
sie bedeutet Pflicht und Recht...
(Das Wetter scheint sich zu verändern)
Ja, ändern scheint sich auch die Welt:
wir hören viel von andren Ländern –
und immer mehr wird unser Geld...
Kalter Regen prasselt nieder,
doch meine Seele merkt es kaum;
ich weiß, die Sonne trocknet wieder
jeden Grashalm, jeden Baum...
Viele stehen im Getöse
ihres Lebens voller Not;
sie können ihr Problem nicht lösen
und flüchten lieber in den Tod...
Du mußt dem andern näher kommen,
in seiner Nacht sei du das Licht!
Ohne Glauben, ohne Hoffnung,
ohne Liebe geht es nicht...
Nein... es geht nicht...

1983

AGENDORFER ERINNERUNG

(Brief an M. M.)

Ich hab noch den Klang der Gitarr in den
Ohren,
vermute den Ton Deiner Stimme im Wind;
ich fühl noch den Druck Deiner Hand in den
Poren
seit wir voneinander verabschiedet sind;
ich seh noch das Funkeln der hellblauen
Augen,

die milchweiße Haut,
das gekräuselte Haar,
das Grübchen im Kinn – hei, wie herzig das
war!
Die Zeit rollt dahin, man wird langsam alt...
Na ja, wers erlebt, wir hoffen es halt.
Was ist nun mit Dir? Ergeht es Dir gut?
Schreib uns doch mal! Oder hast keinen Mut?
Singst Du noch deutsch? Die Frage klingt
hohl...
Ich schließe für heut mit
Tschüß! Lebe wohl!

1983

WEIHNACHTEN

Weihnachten, du Fest der Liebe,
siege du in aller Welt,
stärk auch dort der Freundschaft Triebe,
wo zur Zeit der Frieden fehlt!
Laß die Kraft der Liebe walten,
es regiere die Vernunft,
Brüderlichkeit soll uns halten
im vereinten Völkerbund!

1984

NEUJAHRSWUNSCH

Ich wünsch im Lande jedem Ort,
jedem Menschen einen Hort:
Frieden, Freuden, Arbeitslust
reinen Kopf, gesunde Brust,
fröhlichs Auf, zufriednes Nieder,
starke Muskeln, grade Glieder,
Geld genug für immerdar, kurz:
ein glückliches Neujahr!

1984

HILFSBEREITSCHAFT

Willst du deinem Nächsten helfen?
Folge meinem guten Rat:
mehr als viele große Worte
hilft ihm eine kleine Tat.

1984

ERGEBNIS

Im Frühjahr zog ein Ruf durchs Land:
rein aus kulturellem Grund
stecke man das Herz in Brand,
jeder öffne seinen Mund!

Auch ich zündte mein Kerzchen an,
damit es in der Feuchte
wenn es schon nicht wärmen kann –
ein bißchen um mich leuchte.

Die kleine Flamme wurde Licht
und wärmte mir die Hände;
heizen kann man mit ihr nicht,
sie brennt ja fast zu Ende...

Doch von vielen kleinen Feuern
stieg ein großer Rauch empor,
kündet gegen Ungeheuer
unsrer Jetztzeit wie ein Chor:

Nicht Geldsucht, Habgier, List kennzeichnen
die Träger unsrer Fortschritts-Fahnen,
vielmehr sind es, die erreichen
die Sittlichkeit und Ehr der Ahnen.

1985

LINDERUNG?

Weiche Winde wehn von Westen,
alles atmet laue Luft,
Vögel bauen neue Nestchen,
überall herrscht Frühlingsduft.

Milde scheint die Sonn von Osten,
Wärme strahlt sie, helles Licht,
läßt des Lebens Freuden kosten,
belebt, erhält und tötet nicht.

Sonne, Regen, Wind und Boden
zeitigen der Arbeit Frucht,
wofür wir einen Herrgott loben,
den mancher ob den Wolken sucht...

Doch dann folgt ein hartes Ringen,
das man „Kampf ums Leben" nennt:
der Mensch will sich die Welt erzwingen,
die Nächstenliebe nicht mehr kennt.

Der Herrgott wohnt nicht in den Wolken,
er muß in unsren Herzen sein!
Der Menschheit Wohl entsprießt der Liebe,
dem Haß entspringt nur Schmerz und Pein...

1988

TRAUM

Mir träumte heute Nacht von Dir.
Wieder wurde es bekräftigt,
daß der Traum nur das verwahrt,
was tagsüber uns beschäftigt...

1989

SCHÖNE AUSSICHT(EN)

Ruhig schaut der Mond:
die Welt rast vorbei; sie rennt
um Krücke und Stock...

1989

UNGEHEUER-WANDLUNGEN

Großbauten fressen
den uralten Berg aus Stein;
neuer wächst – aus Müll.

1989

NUTZNIESSUNG

Blühender Kirschbaum.
Er stellt dem blinden Wandrer
ein Wegmal aus Duft.

1989

GEFAHREN

(Mensch und Tier)

Mädel, du hast mir
beklommen berichtet
vom wütenden Fuchs;
dem möcht ich nicht gerne
so bloß nur begegnen:
es könnte dabei auch
gefährlich noch werden –
für mich...
Liebling, ich habe
zwei Haserln gesehen
auf schneeweißer Flur;
die möchte ich gerne
liebkosend erfassen
und wohltuend streicheln;
dabei aber könnt es
gefährlich auch werden –
für sie...

BAUERNGRÜBELEIEN

Bauern waren meine Ahnen,
Ackerbauer bin auch ich.
Wir trugen stets des Aufstiegs Fahnen,
in Freiheitssinn erzog man mich.

Sonnenstrahl und Wind und Regen
teurer Heimaterde Kraft,
unser Fleiß und Gottes Segen
schaffen süßen Rebensaft.

Brot und Wein sind's, die erringen
frischen Mut und frohen Sang,
und wenn heitre Lieder klingen,
bringen sie auch Widerklang...

Landwirt soll mein Enkel werden,
brav und tüchtig, wohlgemut,
segenvoll sei, was auf Erden
er für sich und andre tut!

GLÜCKWUNSCH

Für L. K.

Laß mich
alten
ungarndeutschen
Rasauner
als
Kompliment
offenbaren:
Lorbeer
bekränze
allzeit dein
charmantes
Haupt!

HÖCHSTE AUTORITÄT

(Ha, über 201 cm!)

Ich
nenne
Gesetzgebung
mein
autorisiertes
Recht
Besonders
Rittingers
aktiv
neutrale
Tätigkeit
soll
chronische Belanglosigkeit
heißen!

Dieser Werbetext soll der ungarndeutschen Literatur als Heilmittel gegen Belanglosigkeit und Altersschwäche dienen, unter dem Motto: „Dazu stehe ich mit meinem Namen!“ – Bei Mißerfolg oder sonstigen Nebenwirkungen wenden Sie sich an die Leser oder andere sachverständige Kritiker. (Entziffert von Wastl Schwungrad)

Wenn der Herrgott Wunder will...

STEFFEN VOM SACHSENRING

(Eine Sage über Zwickau)

Es dämmert. Hier in der Kreisigstraße ist der Gassenlärm zu dieser Zeit nicht mehr so groß, aber draußen ist doch noch ein reges Leben, und es läßt sich gut am Zimmerfenster sitzen. Man beobachtet die müßig spazierenden oder eiligen Schrittes heimwärts trachtenden Leute, ohne etwas zu tun. Man sitzt bloß und wartet auf Vati.

Frau Franke hat eben das Baden ihres zweijährigen Töchterleins beendet und tritt nun mit Ännchen auf dem Arm in das Wohnzimmer. Steffen, ihr Großer, ist schon sieben, wurde eben mit seiner Hausaufgabe fertig und sitzt nun am Fenster. Er weiß, daß seine Mutter jetzt spielen wird mit ihnen, bis Vater heimkommt. Sie müßte aber ruhen, denn sie hat einen schweren Tag hinter sich. Verständnisvoll blickt er auf seine Mutter und sagt:

„Mutti, setz dich und erzähle über Steffen vom Sachsenring!"

„Aber Steffen, das hast du doch schon hundertmal gehört...!"

„Macht nichts, Mutti, erzähle es, bitte, wieder!"

Und Mutti weiß, daß da alles umsonst ist. Sie muß erzählen. Der Sachsenringer ist sein Liebling, und immer wieder will er seine von Mutti erdachte Geschichte hören. Er lebte sich so ein in das Märchen, daß er sich identifizierte mit dem kleinen Steffen der Sage, und der wächst mit ihm, ist immer genau so alt wie er selber.

Mutti weiß das. Sie setzt sich in einen Sessel, nimmt Ännchen auf den Schoß und fängt an zu erzählen.

*

Vor vielen hundert Jahren, als die heutige Stadt Zwickau noch Zwikowe hieß und überhaupt noch keine Stadt war, sondern bloß eine kleine Siedlung am linken Ufer der Mulde, da lebte am rechten Ufer des Flüßchens ein edler Ritter namens Eckart. Das Volk liebte ihn trotz seiner Zurückgezogenheit und trotz seines geheimnisvollen Lebens, und untereinander nannten sie ihn nur den Ecker. Sein schloßartiges Heim stand auf der Höhe, Haus und Hof waren weit herum von Wäldern umgeben.

Ecker war ein Witwer, hatte zwei Töchter, die er sehr liebte. Die ältere, eine nette Jungfrau mit hellblauen Augen und mit offenem Blick, hieß Gabriele, was „Kämpferin Gottes“ bedeutet. Ihr Vater wünschte eigentlich einen „Kämpfer Gottes“, also einen Sohn zu bekommen, aber da es ein Mädchen wurde und Ecker ein gottesfürchtiger Mann war, fügte er sich dem Willen des Herrn, gab ihr diesen bis dahin ungewohnten Namen und plante, sie in ein Kloster zu bringen und zum Dienste Gottes erziehen zu lassen. Das zweite Kind hätte wirklich ein Junge sein sollen, um vollwertiger Erbe des ritterlichen Gutes werden zu können. Aber das Schicksal wollte es anders. Sieglinde, die holde junge Ehefrau Eckarts, starb einige Stunden nach der Geburt des Kindes, und der treue Ecker wußte, daß er nie wieder heiraten werde. Er ließ sein zweites Töchterlein Regina taufen, da sie doch seine Nachfolgerin werden sollte. Vielleicht dachte er dabei aus menschlicher Schwäche an eine künftige Königin, oder aber fiel ihm der jemalige Rat der Germanen, der Ragin ein...

Allerdings wurde Ecker nach dieser Zeit fast menschenscheu. Er widmete sich nur der Erziehung seiner Töchter und der Jagd. Beim Jagen begleitete ihn stets sein Knappe Schnipp aus dem nahen Schneppendorf. Am liebsten ritt er aber alleine aus. Dabei kam er oft bis über Auerbach hinaus, oder er durchwatete die Mulde und streifte im Gelände umher. Zwar hatte er immer den Bogen auf dem Rücken und den Köcher vollgestopft mit Pfeilen, aber nie sah man ihn auf ein Wild schießen. Und die Tiere gewöhnten sich daran. Mit Vorliebe rastete er an einer Quelle, und ein hinkender Eber kam zu solcher Zeit ganz ungestört trinken. Von weitem wurden die beiden – Mann und Eber – oft beobachtet, Jahre hindurch. Der Ort wurde später Ebersbrunn genannt.

Inzwischen waren mehrere Jahre verflossen und Gabriele war zu einer herrlichen Jungfrau herangewachsen. Am liebsten weilte sie mit ihrer Gefährtin Stefanie am Ufer der Mulde, an jener Stelle, wo der kleine Fluß am schmälsten war. Still und träumend saßen die beiden da, zupften einzeln die Blätter der Blumen ab und murmelten dabei:

Er liebt mich
von Herzen,
mit Schmerzen;
viel weniger
oder garnicht...

Bei jeder Zeile wurde ein Blumenblatt abgezupft und fiel zur Erde. Der einen leuchteten die Augen auf, die andere ließ einen tiefen Seufzer hören, je nachdem, was das Blumenblatt ihr weisgesagt hatte. Dann fing alles wieder von vorne an...

Seit einer Zeit baute man nämlich eine Brücke über die Mulde. Die Arbeit wurde von einem kräftigen jungen Mann geleitet, der Werner hieß. Werner bedeutet ursprünglich „Heerschützer", und der junge Mann verdiente diesen Namen, trotzdem er über keine Heerschar verfügte, sondern nur eine kleine Arbeitergruppe hatte, aber er sorgte beispielhaft für seine Männer. Diese nannten ihn untereinander nur den Sachsen. Sein Vorarbeiter und Freund war Jupp, ein untersetzter und fleißiger Mann, der aus Darmstadt stammte und der als geschickter Wasserleitungsmonteur auch schon in Stuhlweißenburg, in der Hauptstadt der Hungaren oder Ungaren arbeitete.

Werner baute die Brücke im Auftrage der Bewohner von Zwikowe, im Einverständnis mit Herrn Ecker, aus dessen Wäldern man das nötige Bauholz bekam. Dafür durfte nach dem Aufbau der Ritter samt seinem Gesinde die Brücke benutzen.

Der Brückenbau ging vorwärts, und die zwei Mädel saßen da und schauten zu. Immer war auch Gabrieles zahmer Adler in der Nähe. Entweder kreiste er in der Luft oder er ruhte auf einer Baumspitze.

Schnipp, der Knappe, selber verliebt in die Tochter seines Herrn, beobachtete diese von weitem und belauerte sie. Dieser Bursche war sehr geheimnisvoll und hatte finstere Wege. Man sagte, er habe mit dem Teufel einen Pakt geschlossen. Tatsächlich verschwand er oft im sogenannten Höllengrund, als hätte ihn die Erde verschluckt. Dann tauchte er plötzlich wieder zwischen den Bergkellern auf. Irgendetwas stimmte da nicht...

Je mehr sich der Brückenbau dem Ende näherte, desto näher saßen die zwei Mädchen zum Arbeitsplatz. An einem Spätnachmittag saß aber Steffi alleine da auf dem Brückenberg. Gabrieles Adler kreiste lange über einem Punkt am Waldesrand. Das kam dann mehrmals vor, und als Schnipp Gabrieles Verhältnis zu Werner seinem Herrn meldete, da war es schon zu spät. Das Mädchen wollte nichts mehr vom Kloster wissen. Den gutherzigen, ruhigen Ritter ergriff ein jäher Zorn, und er vertrieb seine geliebte Tochter...

Gabriele lief zerstört zum Fluß, stand lange weinend auf der neuen Brücke und faßte einen harten Ent-

schluß... Als sie sich aber eben in die Fluten stürzen wollte, da hielten sie zwei starke Männerhände fest: Werner, der Sachse, war zur rechten Zeit gekommen. Erst beruhigte er mit flüsternden Worten das schluchzende Mädchen, dann gingen sie Hand in Hand langsamen Schrittes dem Hause Werners zu.
Der Ritter wurde von dieser Zeit an noch finsterer als bisher. Schnipp bekam für seinen Diensteifer als Belohnung das kleine Tal hinter dem Brückenberg, welches seitdem Knappengrund heißt, aber Ecker verzichtete auf seine weiteren Dienste. Von nun an ritt er immer alleine aus, und Stefan, der blumenbekränzte Jäger, konnte ihn immer öfter beobachten, wenn er abends auf dem Waldfußweg mit einer Beute zu seinem Freund Werner ging.
Die beiden Freunde meinten erst, der Ritter will seiner Tochter etwas Böses antun, und gemeinsam mit den Freunden des Sachsen bauten sie um Haus und Hof einen Zaun aus starken Baumstämmen. Durch das Fällen der Bäume entstand eine Schneise rings um das Gehöft, das man von nun an den Sachsenring nannte.
Ecker war aber kein rachsüchtiger Mensch und hatte seine Tochter viel lieber, als daß er ihr etwas Böses gewünscht oder vielmehr angetan hätte. Er sehnte sich bloß nach ihr und wollte sie wenigstens von weitem sehen. Es war nicht schwer, sie zu finden. Einerseits wußte er ja Bescheid über die Gefühle seiner Tochter, andrerseits führte ihn Gabrieles zahmer Adler, der im Sachsenring zwar ebenfalls einen Partner gefunden hatte, aber doch leicht zu beobachten war.
Stefan, der freie Jäger, begegnete eines Abends dem Ritter auf dem Waldfußweg und schritt auf ihn zu. Sie begrüßten sich gegenseitig, und der Jäger gab höflich aber selbstbewußt zu wissen, daß er eine per-

sönliche Bitte an Herrn Eckart hätte. Er habe im Sinn, das Fräulein Stefanie zu heiraten. Der Ritter war zwar zurückhaltend, aber nicht ungeduldig. Innerlich freute er sich sogar, denn er wußte, daß seine Tochter sich nach ihrer Freundin sehnte und auf ihre Hilfe angewiesen war. Einwilligend nickte er und sprengte davon.

Jahre waren vergangen. Der kleine Steffen vom Sachsenring war schon sieben Jahre alt. Er wußte zwar, daß er einen mächtigen Großvater hatte, der einmal zu ihnen kommen würde, hatte den Ritter aber noch nie gesehen. Onkel Stefan nahm ihn oft mit sich bis ans Ufer der Mulde, wo die Tuchmacher ihre Gewebe tagelang mit Wasser begossen und wieder trocknen ließen, daß es bleichen sollte. Da zeigte ihm der Jäger einen kreisenden Falken und sagte, dort müsse seine schöne und liebenswürdige Tante Regina sein, und oben im Wald der Großvater, der auch der Tante verboten hatte, ihn zu besuchen.

Eines Tages, als Steffen keine Geduld mehr hatte, ging er alleine aus dem Sachsenring. Als er schon eine Weile gegangen war, da sah er ein Rudel Wildschweine. Drei kleine, gestreifte Frischlinge waren etwas zurückgeblieben und wühlten nach Pilzen und Wurzeln. Der Wind war günstig, das hatte Steffen schon gelernt. Die Tiere konnten ihn nicht bemerken. Nach kurzem Bedenken entschloß er sich, einen Frischling für Ännchen einzufangen, sie hat doch morgen Geburtstag. Gesagt – getan! In einigen Augenblicken hatte Steffen ein Ferkel gefaßt. Das kleine Tier schrie grell auf, und da brach die Hölle los: mit lautem Grunzen kamen die Wildschweine aus allen Richtungen herbeigerannt und direkt auf Steffen zu. Der Jäger legte im Laufen seine Armbrust an, denn er ahnte schon was los ist, aber er war noch zu weit entfernt. Ein großes Mutterschwein rannte

auf den Kleinen zu, stieß ihn um und wollte an ihn heran, als die Stimme des Ritters erschallte:
„Ahoi, Wukan! Zurück, Wukan!"
Und da siehe ein Wunder: der größte Eber warf das Mutterschwein von dem ohnmächtigen Jungen weg, und das ganze Rudel verschwand im Nu im Gestrüpp. Als Stefan vom Waldfußweg keuchend herbeigerannt kam, hatte der Ritter seinen ohnmächtigen Enkel schon in den Armen und schritt dem Gehöft Werners zu. Blitz, sein Schimmelhengst, folgte ihm.
Gabriele stand auch schon erschrocken im Tor. Die Stimmen hatte sie auch gehört, nur die Richtung konnte sie nicht entscheiden und stand ratlos da, ganz wie angewurzelt, als ihr Vater den Jungen brachte. Sie glaubte, Steffen sei tot. Zum Glück war aber nichts passiert. Als der Ritter und seine Tochter einander gegenüber standen und der Jäger auch schon neben ihnen keuchte, da öffnete der Kleine die Augen und sah den Ritter an.
„Bist du mein Großvater?" fragte er mit leiser Stimme.
Die Erwachsenen nickten alle drei bejahend, aber keiner von ihnen konnte einen Laut von sich geben.
Als gegen Abend auch Regina und Stefanie da waren und Werner alles erfuhr, meinte er:
„Das war ein Wunder Gottes!"
„Nein", entgegnete Stefan, der Jäger, „das war ein Glück. Das Glück war, daß Herr Ecker näher war als ich, und daß Wukan ein Urenkel des ‚Hinkenden' ist, der die Stimme des Herrn Ritters erkannte. Wukan, der Eber, ist jenes Ferkelchen, welches Herr Ecker vor Jahren aus den Krallen eines Fuchses gerettet und freigelassen hat, drunten am Fuchsweg."
Der Ritter nickte bloß zum Beweis, daß alles stimmte, die anderen hatten keine Bemerkung. Steffen hielt

seinen Großvater noch immer umarmt, Ännchen war im Schloß ihrer Tante eingeschlafen.
Seit dieser Zeit war entweder der Großvater im Sachsenring oder Steffen auf der Eckersbacher Höhe zu Gast. Vielmals kam auch Tante Regina mit, darüber freute sich besonders Ännchen. Abends mußte aber die Tante immer nach Hause, denn sie erwartete jemanden aus Auerbach.
Im nächsten Jahr war einmal ein großes Gewitter. Die Blitze zuckten dicht nacheinander und als der Regen zu Ende war, da brannte der Wald des linken Ufers. Das war für das Volk nicht nur ein wirtschaftlicher Schlag, da diesseits sowieso schon sehr wenig Brenn- und Bauholz war; das Feuer bedrohte die ganze Siedlung. Jeder, der den Kopf heben konnte, war da beim Feuerlöschen. Es war der achtzehnte Jahrestag seit Sieglindes Tod. Der arme Eckart kam kurz vor dem Ausbruch des Unwetters vom Grabe seiner Frau zu seinen Lieben im Sachsenring, und so wie er war, sprengte er an die Stelle des Feuers.
Eine junge Frau jammerte vor ihrem Haus: ihr Säugling lag in der Wiege, das Haus brannte lichterloh. Nach einer Minute kam der Ritter durchs Fenster aus dem Haus. Er hielt das Kind in seinen Armen, aber seine Samtkleider brannten an ihm, und nachdem man ihm das Kind aus den Händen nahm, stand er schon einer lebenden Fackel ähnlich da. Es brauchte Zeit, bis Steffen und einige Frauen Wasser herbeibrachten und den Ritter von den brennenden Kleiderresten befreien konnten.
Mit schwerer Mühe wurde das Feuer zurückgedrängt und schließlich bewältigt. Die Siedlung war gerettet, aber der Winter stand vor der Tür und die Leute hatten kein Brennholz zum Heizen. An einer Stelle kam der Rauch aus der Erde, man konnte nicht in die Nähe gehen wegen der unerträglichen

Hitze. Die Leute waren ratlos. Der Ritter lag zwischen Leben und Tod in seinem Bett. Seine beiden Töchter pflegten ihn mit großer Hingabe, und alle Bewohner waren beängstigt um seiner Genesung. Steffen saß weinend an seinem Krankenlager. Da der Ritter völlig bei Sinnen war, berichtete ihm der Kleine über alles, dann fragte er:
„Ist es wahr, Großvater, daß du für immer von uns gehst?"
Der Großvater hatte schreckliche Schmerzen, aber große Willenskraft. Er schwieg eine Weile, dann sprach er:
„Nein, mein Kind, das stimmt nicht... Ich werde wieder zu euch kommen... Vielleicht aber erst nach vielen hundert Jahren... Bis alle Namen wieder übereinstimmen... Bis wieder ein Steffen... und ein Ännchen leben wird... deren Eltern auch so heißen, wie die eurigen... und alle anderen Namen... Dann komme ich wieder... vielleicht mit einem anderen Namen... der aber die Bedeutung... glänzender Bote Gottes ... haben wird..."
Der Schwerkranke machte eine Pause, und die Erwachsenen meinten, er sei nicht mehr bei reinem Verstand. Nach einer geraumen Zeit fuhr er aber fort:
„Sage deinem Vater..., er soll große Scheffel... und Tröge machen lassen..., damit sie viel Wasser... in das brennende Loch bringen können... Jupp versteht sich darauf... und er schafft es auch... Das Holz ist vorhanden dafür... und auch zum Heizen... Wenn deine Wälder weg sind... sollen die Leute... mit den schwarzen Steinen heizen..., die in der Erde sind... Dein Enkel... soll an der Stelle des Feuers... eine Kirche bauen... Das nötige Geld... findet er in der Erde... Solange diese Kirche nicht sinkt... reichen die Kohlen aus... Dann finden die Bewohner... eine

andere Quelle zum Leben... im Sachsenring... Dann komme ich wieder..."
Das Sprechen fiel ihm immer schwerer.
Steffen vom Sachsenring versprach seinem Großvater, alles zu erfüllen, wie er es geheißen hatte.
Jupp und seine Leute fällten sehr viele Bäume und machten große Scheffel daraus. Es entstand ein breiter Weg durch den Wald, hinauf bis zur Höhe, und den Weg nannten sie Scheffelweg. Sie führten vom Fluß aus Trögen eine Leitung zum brennenden Loch und brachten Wasser hinein, bis das Feuer gelöscht war in seinem unterirdischen Nest. So siegte die menschliche Vernunft über die Kräfte der Natur.

*

Die Sage ist zu Ende. Ännchen ist inzwischen in Muttis Schoß eingeschlafen, Steffen ist aber wach und sitzt dahinsinnend da. Er hört den Straßenlärm nicht und läßt sich in seinen Gedanken nicht stören. Er sinnt lange nach...
... Da ist der Vater... er heißt zwar nicht Sachse, aber doch auch Werner, und oben drein ist Franke ebenfalls ein Völkername! Und Mutti und Tante Regina heißen doch eigentlich auch Falke!... Dann ist auch Onkel Stefan und Tante Stefanie da, und auch Onkel Jupp, der aus Darmstadt hierhergekommen ist und wirklich schon über seine Erinnerungen von Ungarn erzählt hat... und... Eckersbacher Höhe, Höllengrund, Knappengrund, Bergkeller, Brückenberg, Scheffelstraße... Er war auch schon mit Onkel Stefan in Auerbach, wo auch eine Adlerstraße und eine Falkenstraße existieren... Was denn noch?... Himmel, ist das aber interessant! Einmal sind sie mit Mutti am Tuchmacherdamm spazieren gewesen... Und auch vom Waldfußweg beim Sachsenring hat er schon gehört... Beim Sachsenring! Ja, und als sie unlängst mit seiner Klasse gemeinsam den Dom betrachtet

haben, da hat der Herr Pastor gesagt, daß der Dom langsam sinkt... Der Dom ist eine Kirche... und sinkt!... Und die Kohlen...! Vater sagt, die Kohlen sind alle!
Das Klingeln weckt ihn aus den Träumereien und er läuft zur Tür. Er weiß, daß es zu dieser Zeit nur Vati sein kann. Und wirklich ist er's! Freudig umschlingt er ihm den Hals und jubelt:
„Vati! Alle Namen stimmen! Alle Namen!“
Vati nickt seinem Jungen zu, begrüßt seine Frau mit einem Kuß, und sie sehen sich einander verständnisvoll an. Sie wissen, was das für ihren Sohn bedeutet: er, Steffen Franke, ist der wahrhaftige Steffen vom Sachsenring, und jetzt muß der Großvater bald wiederkommen...

1979

MÄRCHEN VON ÖDENBURG

(Der kleinen Anne Metzler gewidmet)

Hoch oben auf dem Berge
stand einst ein kleines Haus;
da tummelten sich Zwerge
alltäglich ein und aus.
Sie kamen weit aus Schweden
vor vielen Jahren her,
doch ödenburgisch reden
fiel ihnen lange schwer.
Die Kinder pflückten Veilchen,
und spielten im Dickicht
sie kamen auf ein Weilchen,
doch fort wollten sie nicht...
Albern hieß der Vater,
die Frau nannte er Fron;
Milde war die Tochter und
Öden hieß der Sohn.
In einer Mußestunde
– man las das Märchenbuch –
erhielten sie die Kunde:
aus Schweden kommt Besuch.
Sie holten Pilze, Eier
und Beeren aus dem Wald,
da gab es große Feier,
denn der Besuch kam bald:
es war der reiche Balfer
und Björn, sein jüngster Sohn;
beim Regieren half er
dem Vater auf dem Thron.
Sie führten was im Schilde...
dann sagten sie es laut:
des Alberns Tochter, Milde,
wollten sie zur Braut.

Die Maid war einverstanden;
sie sagte nur ganz leis:
„Ich hätte ein Verlangen:
hol mir ein Edelweiß!“
Björn war ein kühner Junge;
er liebte Kampf und Scherz,
besaß gesunde Lunge
und mutig war sein Herz.
Um den Strauß zu pflücken
ging er mit Öden aus,
doch bald bracht auf dem Rücken
der Bursche ihn nach Haus.
Er stürzte von dem Felsen
und brach das rechte Bein,
er konnte sich nur wälzen
vor lauter Schmerz und Pein.
Albern sah auf Frone
– die nickt ihm freundlich zu –
dann winkt er seinem Sohne
und sagt mit größter Ruh:
„Mein Sohn, reit rasch nach Franken
– das liegt ganz weit beim Rhein –,
und bringe unsrem Kranken
eine Flasche Wein!“
Balfer war in Sorgen
und murmelte nur schwer:
„Das Schicksal liegt verborgen!“
Zu Öden sagte er:
„Willst du nach Franken traben
und holen diesen Saft,
sollst eine Burg da haben,
dazu geb ich dir Kraft!“
Und Öden tat es gerne
für Milde und für Björn,
er ritt schon in der Ferne,
kaum konnt man ihn noch hörn.

Drei Tage sind verflossen,
da kehrte er zurück
und reichte dem Genossen
den Wein zum Heil und Glück.
Er brachte auch die Reben,
nicht nur das Getränk,
um andren auch zu geben
natürlich als Geschenk.
Der Wein tat wirklich Wunder
(nur so konnte es sein):
Björn war heil und munter,
doch Balfer wollte heim...
Der Alte fragt den Jungen:
„Kommst mit ower na?“
Der sagt etwas gezwungen:
„Ik bleibe löwer da!“
Albern pflanzt die Reben;
die Trauben wurden blau;
es hat Wein gegeben
für den ganzen Gau...
„Löwer“ heißen die Berge,
„Blaufränkischer“ der Wein.
Wohin kamen die Zwerge? –
Die müssen gestorben sein...

1979

SOLDATENBEGRÄBNIS

Frau Schwungrad, die Loni, bekam heute einen besonderen Brief. In ihrem Amt sind die Besonderheiten zwar alltäglich und ergrauen bis auf den Stand der Gewohnheit, aber dieser heutige Brief war wirklich außergewöhnlich. Er kam vom Roten Kreuz, ja sogar vom Deutschen Roten Kreuz und bezog sich auf ihre eigene Gemeinde. Jetzt, fast vierzig Jahre nach dem Krieg, suchen sie die Leute, die damals gefallen oder verschollen sind. In einem ihrer Dörfer soll einer begraben worden sein, im anderen sogar zwei. Das kann aber doch gar nicht stimmen: die angegebenen Zeitpunkte sind so verschieden, so weit voneinander, daß das unmöglich stimmt. Da muß sie jemanden suchen, der das besser weiß, denn sie selber war ja damals noch ein kleines Kind und wohnte überhaupt noch nicht hier. Am besten ist, sie fragt ihren Mann, den Wastl, der weiß viel über diese Zeit, weil er dabei war, und dazu im entsprechendsten Alter: einerseits war er damals noch nicht so alt, daß er hätte einrücken müssen, andrerseits war er aber schon vernünftig und interessierte sich für alles. Ja, auch damals schon, wie auch heute noch; er war 15, hatte das vierte Gymnasiumsjahr hinter sich und war obendrein Fernschüler.

Loni nimmt also den Brief nach der Amtszeit mit nach Hause und hofft, daß sie etwas erfahren wird, um antworten zu können. Nichts Schlechteres, als auf eine Frage keine Antwort geben zu können, und dazu noch in solcher ‚Angelegenheit' wie diese da: Lebt der Mann, der Vater, oder ist er gestorben? Weiß jemand, wo er begraben wurde oder weiß es niemand? Die Ungewißheit muß ein fürchterliches, grausames Gefühl sein und mag die Gewißheit auch noch so drückend wirken. Nach so vielen Jahren ist die Gewißheit unbedingt besser. Wenn man nur positiv antworten könnte! Positiv? Was heißt da schon positiv? Dieser unlogische Sprachgebrauch mit seinen blöden amtlichen Ausdrücken! Worin besteht hier das Positivum? Na ja, egal, das ist nun schon einmal so, da gibts nichts zu grübeln. Eine Antwort also, so oder so, aber eine Antwort muß man geben, denn das wäre enttäuschend, über Leben oder Tod eines Menschen nichts zu wissen. Das wäre unmenschlich. Doch der Wastl wirds vielleicht wissen. Bestimmt wird er es wissen...

Der Wastl nimmt den Brief in die Hand. Was, München? O, München! Der Toni, die Evi und die anderen Lieben! Die Frauenkirche, die Bavaria, die Isar... Ja, der Brief kommt vom Suchdienst des Roten Kreuzes. Er liest den Brief erst mit Interesse, dann gespannt und wird dabei immer unruhiger, immer aufgeregter. Hastig greift er nach den Beilagen, dann springt er plötzlich auf, ganz errötet sagt er zu seiner Frau, die staunend dasteht: „Setz dich, Loni, ich werde dir alles erzählen. Ich meine, in dieser Angelegenheit hast du in mir den richtigen Mann gefunden."

„Gott sei Dank!" sagt die Loni leise und setzt sich gespannt nieder.

Wastl sinnt eine Weile nach, dann fängt er an zu erzählen...

„An jenen Tag kann ich mich ganz gut erinnern. Es war ein heiterer Tag, der Schnee war schon weg, aber noch nicht lange, in den Hohlen lag er noch. Ich war am Vormittag im Nachbarsdorf beim Herrn Kaplan, unserem jetzigen Herrn Bischof. Nach der Unterrichtsstunde trachtete ich nach Hause, denn von Stefan Vetter erfuhr ich schon über den Toten, dessen Beerdigung wir für den Nachmittag besprochen hatten. Stefan Vetter hatte ihn am vorigen Tag auf dem Kukuruzfeld entdeckt. In diesem Frühjahr stand nämlich der Mais noch vom vergangenen Herbst draußen.

Am Nachmittag kamen wir bei uns zusammen, und von da aus gingen wir aufs Feld: mein Freund Franz Schmidt, sein Vater, Herr Zeitler und ich. Stefan Vetter kam nicht mit, aber nach seiner Anleitung haben wir den Toten bald gefunden. Der erst vor kurzem geschmolzene Schnee hatte ihn und alle Spuren umher gut konserviert.

Erst standen wir alle eine Weile lang stumm da, faßten alles ins Auge und jeder war mit seinen eigenen Gedanken und Gefühlen beschäftigt. Da lag ein Mann in der Uniform der Wehrmacht, rücklings und tot, mit dem Stahlhelm auf dem Kopf, aber ohne Gesicht. Ja, Loni, ich finde kein besseres Wort: er hatte kein Gesicht. Die Erklärung war handgreiflich einfach: seit dem Frontübergang waren mehr als drei Monate verflossen, inzwischen hatten Raubvögel und andere Lebewesen der Natur im Kampf ums Leben ihr Möglichstes getan...

Vom Alter des Gefallenen konnte man also nichts feststellen, und er hätte in diesem Zustand den „unbekannten Soldaten" beispielhaft verkörpern können. Weshalb? – Wofür? – tauchten die Fragen in mir auf. Der Krieg war noch nicht zu Ende und ich wußte keine Antwort auf die Fragen.

Der unbarmherzige Zwang der Zeit und der Sachlichkeit nötigte uns zum Reden und Tun. Der Soldat hatte einen Kopfschuß, um ihn herum waren die Spuren eines Pferdes zu sehen. Weiter weg lag der Ersatzlauf eines Maschinengewehrs und an seinem Koppel hatte er eine Handgranate...

In dem fast unversehrten Waffenrock fanden wir eine Brieftasche mit seinem Soldbuch, darin einige Fotos:

Frau, zwei kleine Kinder, andere Personen. Aus den Daten stellte sich heraus, daß der Mann erst 24 Jahre alt war und Herbert Tröge geheißen hat. Oder heißt er noch so? Wie lange heißt der Mensch irgendwie?

Wir beiden Jungen fingen an, das Grab zu machen. Werkzeuge hatten wir mitgebracht. Beeilen mußten wir uns nicht, denn wir erwarteten noch den Michel-Vetter, den Schweinehirten des Dorfes: er sollte dem Toten die Schuhe ausziehen. Für sich. Das war Beschluß. Offiziell. Die Schweine der Gemeinde hätten schon jeden Tag ausgetrieben werden müssen, und der Schweinehirt hatte keine Schuhe. Niemand hatte Schuhe. Nur der Tote. Er konnte sie nicht mehr brauchen, der Schweinehirt dagegen brauchte sie. Unbedingt und dringend.

Michel-Vetter kam aber nicht. Was nun? Es wurde ein Los gezogen. Die nichtgewollte Aufgabe fiel mir zu... Man versuchte mich zu beruhigen, daß das keine Leichenfledderei sei. Ich unterdrückte das Aufbäumen meines Gewissens und zog ihm die Schuhe aus. Ohne Abscheu, mit einem gewissen Pflichtgefühl und mit innerlicher Entschuldigungsbitte an den Toten...

Erst nahmen wir die Handgranate herab, legten sie in das Grab, dann legten wir den Leichnam hinein. Umsichtig, ernst, andächtig, menschlich. Wie sichs gehört.

Dann beteten wir ein Vaterunser und gingen heim.

Die Dokumente nahmen wir mit.

Und die Schuhe natürlich auch.

Herr Zeitler, der sowieso Postmann war, verpflichtete sich, die Dokumente an die Angehörigen zu schicken. Herr Schmidt wollte die Schuhe übergeben. Aber heimtragen mußte sie sein Sohn, mein Freund Franz.

So wurde also alles erledigt, und das Leben ging seinen Lauf weiter...

In den fünfziger Jahren wurde der Acker in die gemeinsame Tafel der LPG einverleibt. Die einstigen Zeugen sind außer Franz und mir verstorben. Die Stelle könnte man höchstens mit den modernsten Geräten feststellen oder nach dem Pflügen an der abweichenden Erdfarbe erkennen.
Das ist also die Geschichte des Begräbnisses am 2. März 1945. Herbert Tröge muß aber schon am 28. November 1944 in den frühen Morgenstunden gefallen sein, denn an diesem Morgen war bei uns der Frontübergang.
Soviel weiß ich über diese Sache und bin jederzeit bereit, dies zu bestätigen. Nur die Handgranate macht mir immer wieder Sorgen...

*

Die Loni wischte sich eine Träne aus den Augen, dann wurde sie wieder die vernünftige Beamtin: sie versuchte schon die rücksichtsvolle, aber klare und sachliche Antwort abzufassen, um irgendwo in der Welt jemanden vielleicht beruhigen zu können...

1982

WENN DER HERRGOTT WUNDER WILL...

Wastl ging eiligst seines Wegs. Er befand sich im Nachbarsdorf, wo er den ganzen Vormittag hindurch mit seinen Büchern beschäftigt war. Gegen Mittag fühlte er sich aber schon sehr müde und ganz erschöpft vor Hunger. Höflich und kurz verabschiedete er sich von seinem Lehrer und eilte mit schnellen Schritten durchs Dorf, um möglichst bald ins Freie zu gelangen. Kaum begegnete er jemandem, die Leute saßen beim Mittagessen.
Als er das letzte Haus verlassen hatte, nahm er sein Essen aus der Tasche, hängte diese über die Schulter und aß im Gehen nur so aus der Hand. Das einfache Essen schmeckte ihm, und der Junge verlangsamte seine Schritte.
Es war Ende Februar, die Sonne schien jetzt am frühen Nachmittag fast warm. Der Feldweg war beinahe trocken, nur an den versteckten, schattigen Stellen lag noch hie und da Schnee, dort, wo ihn die Winterwinde aufgehäuft hatten.
Wie jedesmal seit den ersten Dezembertagen, setzte er sich auch heute ein bißchen in die aus einigen Bündeln Maislaub verfertigte kleine Hütte, die am Hotterweg stand. Er setzte sich nicht deshalb, weil er so ermüdet war, sondern einfach aus Romantik. Da hatte er gleich am ersten Tage nach dem Frontübergang vier ganze Schachteln Gewehrkugel unterm Stroh gefunden, mit je 15 Stück, also insgesamt 60 Patronen! Er hat diese dann weiter von hier, aber ebenfalls nahe am Weg, in einem Schützenbecken eingegraben. Die müssen auch heute noch dort sein, da sollte er mal nachsehen. Das ist aber nicht dringend, heute macht er das keinesfalls, denn heute will er lesen. Das Buch über Götter und Helden der alten

Zeiten findet er sehr interessant. Scheinbar gefällt es auch den Erwachsenen, weil er ihnen jeden Abend in der Spinnstube aus dem Buch vorlesen muß.
Nach einer guten halben Stunde erreicht er sein Heimatdorf. Die Gasse ist ziemlich ruhig und leblos, nur ein Pferdewagen bewegt sich langsam, mit Stallmist schwer beladen. Aber auch dieser verschwindet bald in einer Seitengasse, die hinaus auf den Hotter führt. Kaum eine Minute später erreicht auch Wastl die Seitengasse, und da bleibt er stehen. Selbstvergessen sieht er zu, wie das Tauwasser in den Radspuren herunterrieselt. Mit den Füßen kratzt er den Kot zusammen und baut einen kleinen Staudamm.
Plötzlich wird ein Flugzeug hörbar. Das ist zwar keine besondere Begebenheit, aber doch stets interessant. Die Stimme ist schwach, bloß eine gewisse Unregelmäßigkeit verstärkt sie... Etwas mit den Motoren... Wastl versucht, die Richtung zu bestimmen, und nach einigen Sekunden hat er auch schon das Flugzeug im Blickfeld: hoch, sehr hoch erblickt er die Maschine, ganz winzig... Gleich kommen ihm die Tränen in die Augen, weil er direkt in die Sonne schauen muß... Er wischt sich die Tränen ab und blickt wieder empor, aber jetzt schon vorsichtiger und etwas südwärts, nicht in die Sonne, die das Flugzeug nun schon von der Seite bestrahlt, und dem Wastl kommt es so vor, als hätte sich etwas abgelöst, als wäre etwas herausgefallen.
Man sieht aber nichts, bloß das Flugzeug wird merkbar größer und ist jetzt schon in südöstlicher Richtung. Wieder scheint etwas rausgefallen zu sein!... Und wahrlich: unter jener Stelle, wo er die Erscheinung das erstemal sah, dort schwebt jetzt etwas, was sich immer deutlicher zu einem Fallschirm ausbildet. Das Flugzeug macht schon die zweite Runde, es kommt dabei immer weiter herab und wird immer

größer. Nacheinander schweben schon sechs Fallschirme in der Luft, sie bilden einen Kreis, unter dem zuletzt aufgegangenen ist der Mann ganz gut zu sehen: knapp bei den letzten Kellern verschwindet er, fast im gleichen Augenblick, als etwas rechts von ihm, aber auch nicht weit das Flugzeug, eine amerikanische Vier-Motor-Maschine ebenfalls verschwindet... In einigen Sekunden ertönt ein dumpfer Knall, es steigt eine graue Rauchwolke empor, dann wird alles still... Hie und da steht jemand im Gartentor und schaut erstaunt umher...

Wastl läßt seinen Staudamm stehen und läuft schnell heim. Diesmal will er nicht zu spät kommen, wie im Sommer des vorigen Jahres, als das deutsche Flugzeug notlandete. Bis er nach einigen Tagen hingekommen war, da hatten seine Kameraden schon alles Brauchbare abmontiert. Jetzt hat er es näher. Gegessen hat er ja schon etwas, rasch eine Zange, einen Hammer und einen Schraubenzieher und es kann auch schon losgehen...

Kaum hat er die Sachen zusammengerafft, da ist sein Nachbar auch schon da, ähnlich ausgerüstet und gleichfalls einsatzbereit. Ohne Zögern brechen sie auf und eilen querfeldein der vermuteten Stelle des Absturzes zu...

Nach einigen Minuten sind sie dort, wo der Flieger mit seinem Fallschirm sein müßte. Er ist aber nicht da, obwohl die Richtung ohne Zweifel stimmt... Es kann bloß etwas weiter sein, keine andere Möglichkeit...

Noch hastiger laufen sie weiter, und auf einmal hören sie eine energische Stimme:

„Hands up! Hände hoch!"

Erschrocken halten sie ein. Kaum einige Schritte vor ihnen erhebt sich ein kräftiger junger Mann in unbekannter Uniform und streckt langsam beide Arme

hoch. Mit etwas befangenem Lächeln blickt er umher: etwa zwanzig Schritte weit von ihm im Kukuruzfeld zwischen dem Laub steht ein Mann und hält den Gewehrlauf auf ihn gerichtet. Weiter rechts ein zweiter, und jetzt ruft noch ein dritter aus der Nähe. Links von ihm, ebenfalls im Kukuruz, stehen zwei 15-16jährige Jungen, die haben auch etwas in der Hand. Er scheint also völlig umzingelt zu sein. Da ertönt wieder die Stimme:
„Waffen nieder! Pistole weg!...“
Ruhig, ohne Hast öffnet er den Reißverschluß am rechten Hosenbein, zieht eine Pistole heraus und wirft sie weg. Der junge Mann von rechts tritt heran und hebt die Pistole auf. Da kommt auch der andere näher, und der Flieger macht große Augen: der Mann hat in der Hand – einen Besen! Einen einfachen Besen mit hölzernem Stiel!...
Jetzt treten auch die beiden Jungen aus ihrer Deckung hervor. Für sie ist genauso überraschend, daß der Gemeinderichter des benachbarten Dorfes einen Besen als Waffe in der Hand hält. Das verlegene Lächeln des Fliegers wird aber nicht enttäuscht und nicht ärgerlich, im Gegenteil: er lacht breiter, mutiger und aufrichtiger, sichtbar beruhigt, daß ihm jetzt nichts mehr passieren kann. Er läßt auch gleich die Arme nieder, ohne auf weitere Genehmigung zu warten. Auf die Fragen und Gesten des „Bewaffneten“, was er versteckt habe, geht er bereitwillig zu dem kleinen Schneehaufen und zieht seinen Fallschirm hervor. Er zeigt auf sich, dann in die Richtung des abgestürzten Flugzeugs, dann wieder auf den Fallschirm. Die Sache ist klar: er wollte zum Flugzeug, den Fallschirm wollte er aber nicht mitschleppen. Das Verstecken hätte wahrscheinlich seine Entdeckung verhindern oder zumindest verschieben sollen.

„Front?“ fragt er und schaut die Leute an. Er weiß also nicht genau, wo er sich befindet.
„Krieg kaputt!“ sagt der Dorfrichter. „Front Jugoslawien!“
„Yes, Krieg kaputt!“ nickt der Flieger und lächelt wieder. Er ist ein schlanker, aber muskulöser junger Mann mit bräunlicher Hautfarbe und sehr sympathischen Gesichtszügen.
Inzwischen kommt der dritte Mann mit dem Pferdewagen herbei. Man zeigt dem Amerikaner, er soll seinen Fallschirm nehmen und sich auf den Wagen setzen, was er auch tut. Die anderen sitzen ebenfalls alle auf und fahren ins Dorf.
Überall stehen die Leute vor den Häusern und betrachten den Flieger mit großer Neugier. Der Wagen fährt in den Hof des Dorfrichters. Solange der Amerikaner etwas ißt und trinkt, kann der Gemeindevorstand in die Bezirksstadt telefonieren. Man sagt ihm, er soll den Flieger mit Pferdewagen in die Stadt bringen.
Wastl steht ganz nahe. Er hört alles und sieht, welche Schwierigkeiten die Leute miteinander haben, wenn sie sich gegenseitig verständigen wollen.
Er sucht seinen Freund, und sie machen sich auf den Weg. Hier ist ja sowieso nichts mehr zu sehen.
Unterwegs diskutieren sie darüber, wie gut es gewesen wäre, wenn sie Englisch könnten.
Sie nehmen sich fest vor, englisch zu lernen... und russisch... und französisch... viele-viele Sprachen werden sie lernen, denn man kann nie wissen...

1983

DECKER NEWL

Wos ich eich heint vrzähl, tes is pall net zun Klawe. Ich täts a net klaap, wenns net mir selwr wär virkomme. Mir mant net, wos m Mensche alles virkemmt, bis r alt wird.

Die ganz Gschicht woar noch in d fririche Welt. In Herbst, wie mr schon d Kukuruz geproche hade un d Weigoade a schon zugeteckt woar, schreibt mr unse Kadi, ich soll mol n Tog neikomm of Fenfkirche un soll ne helf. Na, hon ich ketenkt, spenne konn ich jo noch d kanze Windr, keh ich halt emol nei. N Tog trvier hon ich kekocht, es sich mein Alde nur es Esse woarm mache muß, un n anern Tog tr muerget hon ich mich zurechtkemocht. In mein Mariska-Kurb hon ich Stroh nei, e poar Eier un e fetti Kans. Ihr wißt toch, so Städter hon immer Hungr. Un es sein toch ower a mei Ken, wer ich toch net leer ken, wenn ich ne schon e wos helfe well. Nehm ich halt ten Krengl auf n Kop, stell den Kurb trauf un keh in Gotts Nome.

Wie ich fuet sen von drham, woar krot vieri vrpei. Wenn ich kut ausschritt, sein ich em halb ochti-ochti tuet, noch wern s jo a schon auf sein. Hiába, Herrn sein halt Herrn!

Wie ich of Pirjan komme sein, hots krot ogfangt, temrich zu wern. S Wirtshaus woar schon auf, ower ka Leit hon ich noch net khiert. To hon ich emol nochgschat, es mei Kans noch net vesteckt is. Noch hon ich mich wiedr auf tie Lappe gemocht.

In zeh Minute woar ich schon trauß auf t Stroß. To is schon leichtr kange. Stroß is halt Stroß, to gibts nix trkege! Unser Alde woarn a ugschickt, wie s net sein eikange, es wenigstinks tie Eiseboh soll newet n Turf vepeikeh. Wie kut wärsch jetz, wenn ich net mißt zu Fuß keh! Wohl, ich kennt jo mit n Autobus foahrn,

ower tes kost a n Hauwe, to mißt ich noch wiedr n Tog in Togloh keh, pis ichs wiedr peigeprocht hätt. Iwerhaupt, die Autobusse sein a so gemocht, es mr net waaß, es mr peizeide hiekemmt ower net. Liewr keh ich noch schon zu Fuß, sichr is sichr.
Na, jetz fällt mr krot ei, tes woar a e sche Steck mit ten Bus! Woarn s to neilich in d Tolnau emuet in r Gemeinde, un to hot r vesocht, wie 's so monchsmol vierkemmt mit sowas. Tie Turfleit stehn all of tr Gasse un schan zu, wie r sich gfrett. Seche s traufkschriewe: „FÓTI VIKTOR – NYOMJA“. Secht tr a: „Na, warem kemmt net schon ter Fóti un schiebt, wenn r sich vepflicht hot dzu, er sickt toch, es s net keht!“ So is halt, wenn mr ungrisch konn, ower net waaß, taß NUMJA e Turf is!
Na, keh ich halt so mein Weg fuet. To fällt am alle Narrheit ei. Hon ich e Staanje in mein Patschker, fällt mr kleich tr Jirge Jirgl ei, wie r of Wakan is owen Baal. Unrwegs hot n wos om Fuß getruckt. Erscht hot r gemaant, es is n Howerkern. Ziecht r d Stiewl raus, hat jetz hat r e Klappermesser tren kot!
Na, ich maan, es is Newl? Schaat kans so aus, tarem wiets a net hell! To henne kemmt jetz n Woche nochgfoarn. To muß ich neewet hie keh, sonst kemmt r wittr mich. Tie sein alles in Stand!
Hon ichs net gsocht? Fährt vepei wie n Wilde! Ower es r am mitnehme tät, tes net. Foahr toch in die Hell!
Na, tu verruckti Kans, wos neestescht to rem? Tes Vieh schmeißt mr pall den Kurb rop. Muß ich opstell un mein Kopkrengl richt. Wieviel Uhr konn d nur schon sein? Mein Alde sei Täscheuhr keht net pinktlich, un ich konn doch ower net n Wecker mitschleppe of so n weide Weg!
Na, komm Kans, keh mr halt wiedr weider!
Ower so n vedammte Newl, nedemol die Stroß sicht mr pall! Jetz wär kut n Kauder Hannes sein Woage,

mit ten wär ich pall in dr Stodt! Ter is mol so hamgfoarn von Fenfkirche es n e Wedr nochkomme is. To hot r zweschich tie Keil gschloge un is los. Tie zwaa Rapp sein so gspronge, taß tie Kiesl vollstänich om Schrogl gekleppet hon, ower ihn hot nedemol an Troppe Rege derreicht. Tes muß n Kalopp gewest sei! Ti Telefonsteck sein zureckkepliewe wie n Latterzau!

Ich maan krot, wos ter Hannes vrzählt, tes is a net alles woahr! Och, Männer, Männer, ihr mecht a monchsmol tumme Steckr!

Ich waß net, tes Ißik is a schon kanz kut auskepaut. Ich maan, tes woar friher koarnet so kroß. Na, jetz sen ich pall tren!

To fällt mr wiedr d Jirge Jirgl ei, unsern Herrgott soll n loß ruh! Tes muß a e sche Steck gewest sei, wie r is of tie Kirmeß kange, un so n kroße Treck woar, taß sein Stiewl is stecke gepliewe. Er hots ower koarnet inne wuern, hot tie kanz Nocht in Wakan getanzt, un hamzus hot r krot wieder in sein Stiewl neigetrede!

Noch n annermol woar so kroße Schnee, taß r sich veloffe hot. Tomols woare schon so mied, taß r nimmi hot weider kenne. Hodr sich halt of n Staa gsetzt un hot sich auskeruht. Of aamol sickt r von den Staa Raach rauskomm! Hat jetz woarsch n Raafang! Ihr klapts net? Sogar tes hod r gseche, taß s trunne Pohnesoppe koche! Kanz klab ichs ower a net, wal wos woahr is is woahr: te Jirgl hot vill zomgeloge wenn dr Tog lang woar, tes is schon emol sicher. Ter hot gemaant, tie Leit sein mit Stroh auskstopt. Ower intressant woarsch, wenn r verzählt hot.

Na, jetz wirds e wenk heller, kleich kemmt tie Sonn raus. To steht e kroß Kepei mit r Tofl. Lese mr emol: „Fu-tu-ra, Bu-da-pest". Jessus Maria! Na, jetz steh ich sche to! Hon ich of Fenfkirche welle zu unsre Kadi, un tessék, jetz sen ich schon in Pest! Na, Kriß-

kott, Moarkret, jetz pist tren in d Schlamastik!
Jetz is ower schon allesans, wenn ich schon to sein, noch schaa ich mrsch a schon o... Hechstinks verkaaf ich tie Kans, es ich net wiedr zu Fuß ham muß... Zun Klick kemmt krot e Fraa, tie wär ich frege, wu ich eigentlich sein. Jess, tes is jo tie Lies! Is schon alles närrisch? Ich sen jo in Ratzpedr, net in Pest!
„Kun Tog, Moarkret Wos, wu weldr hie?"
„To well ich zu meiner Schwester un well s uf tie Kirmeß lod..."
Tes wär e Steck, wenn ich tät tere tie Woahrheit soch... täde mich alle Leit auslach...
To ruh ich mich jetz e wenk aus, noch keh ich schnurstracks ham. Wenn wiedr jemand kemmt, soch ich, ich woar pei meiner Schwester. Hon ich halt emol n unediche Weg kemocht. Zeit hon ich jo... Ower alles wege ten kriminalische Newl un wege ten verfluchte Woage! Sen ich pei Ißik stots rechts links kange.
Wos soll ich ower nur mein Alde soch, wenn r frecht, wos pei dr Kadi Neies is?!

1975

IWER DIE NÄME

Zu allererscht erlaubt mr, taß ich mich virstell: ich sein ten Kallenersch Seppi sein Freint. Un wenn mr schon von de Näme rede, noch sog ich a kleich mei Maanung drvo: tie kanz frierige Leit hade s leichter. Tie hon ihre Näme als Erwochsene kricht, un dr Nome woar dr Perso ogemesse: tr Mensch hot Klein ower Groß, Mager ower Dickmann, Schneider ower Müller khaaße. Wenn r in e annri Gegend gheit hot, noch hot mr ihn tuet von sein Geburtsuet Ulmer ower Altheimer genennt. To hot mr immer Pescheid gewißt. Heint? Nedemol tes waaß mr, ep zum Beispiel en gewisse Deutsch wirklich en Schwob is ower net. Wal wie haaßt r noch? Entweder Attila ower Ildikó – Hansjörg of kan Fall, wu tes ower pesser tät paß trzu.

Tr Mensch is ower kan Popst, taß r sein Nome selwr wähle kennt, sondern er erbt n. Frieher hot tes in erschter Lieni vom Pheter un von dr Tet opkhonge – ower wu sein tie Zeide schon! Heint hängts von dr aageblickliche Modi op, wie tes oarm Kent haaße wirt, wann die heindich Auffassung vleicht schon lang nimmi aktuell is.

So unner uns ksogt: net es tr maant, nur pei uns Pauerschleit is so n Geprauch. Ach wuher! Pei dr Neie Zeidung is detto krot so. Tr aa Journalist schreibt sich – soge mr zum Beispiel – Martin Vadász, tr anner Márton Jäger. Wer kennt sich to aus? Woahrscheinlich is tr aa n gemagyarisierte Schwob, ter wos noch teitsch konn, un tr anner so n Origineller, wos nur n teitsche Nome hot, ower nix mehr teitsch konn. Wos konn mr wisse, net woahr?

1979

WIE AUS EM ANKER E „BAAMKATZ“ WIRD

Tie Sproch, tes is e vielseitiges Lebewese. Mir brauch se zun enand tie Leviten vierlese, ten Chef un tie schene Weiwer lowe, zun tie Schwiegermotter un es Steieramt schimpfe un allerhand, ower hauptsächlich em sich mit ter annern Leit verständige zu könne. Zun Beispiel wenn mr Hunger ower Durscht hot, ower wenn mr in Ausland notwendig un dringend irgendwos muß un waaß net, wu nei un wu naus. (Tes „wu naus“ wißt mr jo un gspiert mr jo als aa schon, nur es „wu nei“ is net ganz egal... Na, ihr wißt jo, wos ich maan). Also, kurz un gut: wenn mr aa Sproch redt, noch vrsteht mr sich enant. Wenn mr tie konn, natierlich. Un welli Sproch kon mr so im allgemeine om peste? Tie Mottersproch, natierlich. Hat – net so ganz natierlich, wal es is a net so ganz aafach, wies frieher woar. Monche sellte zwaa Sproche könn, e Mottersproch un e Votersproch, wie tes so hie un da a vierkommt. Tes hängt in erschter Lieni von dr Großmotter ob.

Bei mein aane Kolleger-Ehepoar is es grod a so: er is en Teitsche, sie is e Ungern. Tie Kenn lerne in de Schul etwos Teitsch, gewe sich mitsamt ihrn Lehre alle Mih, mache s a net schlecht un hon ihre Freit tro, tes sieht mr. Ower unner sich rede se nur ungrisch mitenand, obwohl tie Fraa a teitsch vrsteht.

To neilich hon tie Kenn mitenand im Bett Schiffoahrt gspielt, wie ihre Großmotter komme is. Tes Bett is es Schiff, dr Bu dr Kapitän un es Mädje dr Matros. Tie Befehle fliege nur so, wal es Schiff un tie Besatzung is selbstverständlich ungrisch. Secht tr Votter: „Na, jietz sein ich emol neigierig, wost r könnt. Jietz spielt emol eire Großmotter zulieb in eire Vottersproch weider!“ Kapitän un Mannschaft sein drbei. Er selwer muß etwos erledig un tappt grod noch wieder drzu, wie dr

Befehl erklingt: „Baumkatze nieder!“ rieft dr Bu, also dr Kapitän.
„Jawohl, Baumkatze nieder!“ secht es Mädje un is mit tr Antwurt ganz zufriede. Tie Großmotter lacht so, taß r tie Träne lawe un dr Voter steht so to, wie es Kalb vier en neie Tur.
„Baumkatze? Wos fier e Getietz is tes?“ frägt er. „Vasmacska!“ bedeitscht ihm sei Tochter.
„Vasmacska“ soll ‚Baumkatze' sei?“
„Warum?“ frägt dr Bu. „Für mich ist das ganz logisch: ‚vas' weiß ich nicht, aber es ist ein Material, ebenso wie ‚Baum' und ‚Katze' weiß doch ein jeder Esel, daß das ‚macska' bedeutet. Also: ‚Vasmacska' kann man ‚Baumkatze' nennen.“
„Ower tes Wurt ‚fa' is in ten Fall net ‚Baum' sondern ‚Holz“ – secht ter Voter.
„Wenn wir das aber noch nicht gelernt haben!“ soge die Kenn alle zwaa of amol e peßje aufbegehrt.
Mein Kolleger well a sei Oseches rett un erklärt: „Iwrigens brauch mr weder ‚Baum' noch ‚Holz', wal ‚vasmacska' haaßt of teitsch „Brunnenkatze“. „Brunnenkatze?“ secht es Mädje erstaunt. „Was ist da die Logik, Vati?“ „Ich will das auch nicht glauben, Vati“, secht tr Ex-Kapitän unglaublich. „Schauen wir mal im Wörterbuch nach!“
So mache se s aa. Im Wirterbuch stehts schwoarz of weiß: der Anker.
Tie Kenn juble schodefroh: „Na, Vati, wo ist deine Brunnenkatze?“
Mein Freint muß sei Niederlog oerkenn. Er waaß, es mr in der große Politik a monchsmol Kompromiß schließe muß, tarem secht er: „Ihr hot gsiegt, aans zu null. Hauptsach, ihr vrsteht eich enand.“
Er is froh, taß er wieder etwos gelernt hot. Ja, tie Sproch, tes is e phänomenales Lebewese.

1984

LIEWE LANDSLEIT!

Seit e poar Joahr rede mr vill iwer unsre Mottersproch. Tes zeicht anstaals, taß mr uns Ketange mache triewer, wal mir un annern traufkomme sein, wie wichtig tie Sprochkenntnisse sein.
So begeistert un so festhaltend sein mr ower noch net, wie unser Vurgänger woarn. Wie s pei uns in Kascha ten Telefon eigericht hon, hot mr misse trzusteier. Ter Hannes Vetter hot ksogt: kut, er is net kege den Furtschritt, er gibt gern trzu, ower nur noch, wenn ter Telefon teitsch aa redt.
Tes woarn noch echt begeisterte un selbstbewußte Leit. Sie woarn stolz of ihre Sproch un of ihre Nationalität, ower sie woarn trotzdem ka Nationaliste, sondern echte Patrioten. Tes konn ich leicht peweise, wal tes waaß pall e jeder von eich, wie ter sell Wakaner stolz vrzählt hot iwer seine Erlebnisse: „In kanze Gfangeneloger woarn mr nur zun zwate Unger – ich un en Schomberger Schwob.“ Monche soge, ter anner Schwob soll ongeblich von Lantschuk gewest sei, ower tes pleit sich kanz kleich, Hauptsach es woar aa n Unger. Wal wenn mr to trham aa noch so kroße Schwowe sein, in Ausland sein mr Unger. Tes is mir selwer schon gepassiert, tarem waaß ich s. Wie mr mit meiner Fraa in fenfunsechziger Joahr in München woarn, hot sich unsern klane Freint pei seiner Nochperschfraa geprahlt: „Frau Nägele, wir haben Besuch. Der Mann heißt Engelbert, die Frau weiß ich nicht, muß ich erst fragen. Aber es sind echte Ungarn!“ – Also net nur so aafache, alltägliche, sondern echte Unger sein mr – im Ausland jedenfalls...
So unner uns ksogt hot tes sei Vurteile un sei Nochteile. Aanstals muß sich unseraner immer so benehm, taß r weder sei Voterland, noch sei Nationa-

lität blamiert. Annerseits kon mr ower aa mehrmol stolz sein of etwos: wann mr to trham n Erfolg hon, sein mr stolz, es mr Unger sein; wenn die Teitsche etwos kutes trreiche, sein mr stolz, es mr aa Schwowe sein. Nur noch sen mr in dr Matsch, wenn die Unger un die Teitsche kegeenand Fußboll spiele, wal wem selle mr druck?!
Ower wenn nur ka kreßer Maleer is, tes halle mr schon aus, wenns uns aa e peßje schwer fällt. Ich maan halt, es is toch gscheider kegeenand Fußboll spiele, als Schulter an Schulter mitenand zu kämpfe. Maant r net aa?...

1985

KLUMBEMÄNNR

Männr hatte mir Schwowe noch immer genung. Monchsmol sogoar in Iwerfluß, so taß mr noch e Tal hiepurge hon kenne, fille auf immer... Wenn mr ä Kompanie kepreicht hot, noch hot mr nur n Klaarichter tie Liste kewe:

Ackermann, Ahmann, Altmann, Amtmann, Assmann,
Bachmann, Baumann, Bergmann, Bormann, Brachmann,
Brinkmann, Denkmann, Drinkmann, Ehmann, Eichmann,
Erdmann, Feldmann, Fleischmann, Fühmann, Gommermann,
Hartmann, Hauptmann, Hausmann, Heilmann, Heinemann,
Hermann, Hirmann, Hoffmann, Hohmann, Kaufmann,
Kohlmann, Lehmann, Nausmann, Oppermann, Petermann,
Pfeffermann, Rühmann, Schuhmann, Thomann, Tillmann,
Trautmann, Weismann, Wichmann, Wittmann

Wenn tes net kenung woarn zu anre Kompanie, noch hot mr tiejenige aa kholt, tie wos ihrn Nome mit aan „n“ kschriewe hon. Tes woarn krot so „Männer“, wie tie mit zwaa „n“, nur tie woarn schon ä pesji magyarisiert. Ower ungrisch hon s krot so schlecht kekennt un sonst hatte s aa kan Fehler. So is noch schon tie Kompanie aus wuern. Zack un Pack vom Putzer pis zum Undroffizier, kanz sche komplett zamt Reserve. On Männr hot sichs also net gfehlt.

Mit tr Aufristung woarsch ower schon nimmi so aafach. In Kriegszeide un peim Militär is s noch so

leindlich kange, ower in d Friedenszeit hätt mr toch aa irgendwie tie Tisziplin in Aufrecht halle mege, un so hätt mr wenigstings ä Unifurm gepreicht. No ja, ower tr aa hatt ä Pelzkappe, tr annr n Strohhut, tr Nochpr ä Zeichkwant, sein Kumma ä Struxhose. Schuh hot ä jeder Schwob zwaamol kricht im Lewe: wenn r es erschtmol kspeist hot un wenn r Preidigam woar. Tes zwatmol woar fast sicher, wal tie Preidschuh hon misse aushall pis zun Kroab. Speise hot mr zu dr Not tomoliger Zeit in schene Sonndakspatschkr aa kenne, un tie Speisschuh woarn jo sowieso nur nauskschmesse Geld, wal m Mensche sei Fiß sein jo noch gewochse.
Also kurz un kut: mir hot etwos kepreicht zu Unifurm, un tes woarn tie Holzklumbe. Tie hot tr Herrgott un die Klumbemacher von Nadasch, von Ohfall un von dr Kloashette auskschproche zu Unifurm erwählt. Tes woar aa kut, wal Klumbe hat ä jeder Schwob vom Klenste pis zum Kreßte.
Hei, Leit, tie Klumbe, tes woar e kuti Erfindung! To hatt mr immer n woarme un trockede Fuß. Auf m Ploster hot mr zun zwaate ower zun mehrnde sche marschiern kenne, wal die hon kut geklopt un teshalb woarn s jo so kut zu Unifurm. Marschiern hon die Leit tomols noch kenne. Tr Hays Hannes von Ratzpedr is in d Klumbe of Fenfkirche kange, taß r sich vom Spitzer Jud n Windermotze kaaft, wal pei ten woarn s pillich. Emesonst hott s dr Spitzer ower aa net kewe kenne, trotzdem es r vom Traufzohle gelebt hot. Er selwer hot mrsch gsogt, tarem waaß ichs heint noch. To woar weiter nix iwrig, wie zoahle, un zu ten hot mr schon tomols Geld kepreicht. So hot halt tr Hannes n Sack voll Hower auf tie Schiller genumme, un is in d Klumbe of Fenfkirche kange. Wos sein d tie zwaa-treiunzwanzig Kilometer, wenn mr gsond is un Zeit hot?

Tr Kauder Hannes von Kroßputmer hatt noch mehr Zeit, un wal r nix zu tun hatt, hot r ketengt so in dr Foschingszeit, er keht mol nauf of Jágónak zu sein Schwoger un schaat, wos tie mache.
Hiezuß keht r keche Nadasch un pstellt e neies Faß mit so 3-4 Hekto peim Rauschenberger-Pinder. Ter kemmt jo sowieso of n Vendlini-Moat of Poje, noch kon sch kleich mitprenge. Wenn msch im fuerhinei pstellt, noch kosts weniger. Mir kennt jo die Kschicht per Post aa erledige, ower hat mir wirt toch net sein kude Kriegskomerod schreiwe, wenn mr persenlich vrpeikeht. Tie poar Kilometer mache s scho nimmi aus, tes kemmt pei dr Beginstigung pei. So keht r halt keche Nadasch auf Jágónak. Un hat hauptsächlich in d Klumbe. In Kroßputmer hot mr die Klumbe iwerhaupt notwenich kepreicht, wal wenn sichs e peßje getriept hot, noch hon die Kaschar Kenn schon gsonge:

„Sonn, Sonn – toher!
Rege, Rege – Putmer!“

REGESCHIRMSCHICKSALE

Es haaßt, tie Picher hon ihr eigenes Schicksal. Ich behaupt, tie Regeschirme hon ihres a. Tes is net nur so e aafachi Behauptung in die plin Welt nei, tes konn ich turch eigener Erfoahrung peweise, mehrfach sogoar, un jedesmol hatts irgendwie mit Teitschland zu tun. Tie Feststellung is also e großi Woahrheit, grodso, wie die teitsch-ungrisch Freintschaft. Tie Freintschaft un mei Vergesseheit hon mich unner zehn Joahrn trei Parseler gekost. Hat wenn ka trei vleicht kanz net, zwaa sicher, ower mindestens aans.

Em die Gschicht pesser zun verstehn, muß ich jedem Parsol en Nome geb wie de Kenige in de Gschicht, wal in dr Mathematik un in logische Denke woar ich außer de Schul schon immr stoark gewest. Also noch gehn mr sche de Reihe noch.

Mein Regeschirm Nummer aans hon ich in Zwickau gekaaft. To sen ich gspaziert un hon mich so in dr Stodt emgschaat, wies hot ogfangt zu regen. Wenn so en Herr von mettlerem Alter in Rege spaziert, tes schaat net kut aus, to merkt mr kleich, es to etwos net stimmt. Wie mr en Herr von mettlerem Alter wirt? Tes is es aafachst: Nimmst tr vier, tu wirscht hunnert Joahr lang lewe, un wennst tie fufzig terreicht host un en Mann pist, noch pist in dr heindich Welt en Herr von mettlerem Alter.

Es so en Mann in dere Situatio net pesondersch kut ausschaat, tes hon ich in dr Ausloge gseche. In Zwickau nenne se tie Ausloge Schaufenster. Ower tie Leit hon mich aa so komisch betrocht, tes hon ich aa gseche, un es ich trpei naß wer, tes hon ich gspiert, wal so en Herr wie ich tomoliger Zeit woar, tem sei Sinnesorgane funktioniern noch kut. So kut wohl net, wie en Esel seini, ter wos ten Rege schon im

vuraus gspiert, ower wenn mr schon naß wirt, noch merkt unseraner aa, es es reget.
Mit meiner schon erwähnte schorfe Logik hon ich gleich festgstellt, es ich naß sen, also regets, un ich hon kann Regeschirm pei mr. Aanstals hon ich jo net gewißt, es es regen wirt, wal ich jo toch kann Esel sein, un annerseits hatt ich jo sowieso kan Regeschirm. Na, hon ich getenkt, regen konns jo annermol vleicht a noch, wos konn mr wisse in tere heindige Welt, kaaf ich halt aan, jietz hon ich tie Meglichkeit, es ich n a kleich ausprovier. Un wal ich Klick hatt wie immer, sen ich kleich nei in den Gschäft, wu ich grod gstanne hon.
Tes Gschäft woar ka so klani Kreislerei, sondern e muetsgroßes Eikaafhaus. Fräg ich tie jung Verkäuferin, wos mr so om peste gfalle hot: „Bitte, könnten Sie mir sagen, wo ich einen Regenschirm finde?“ Sie hot mich ziemlich wunnerlich ogschaat un hot gfrägt: „Finden?“ Wie en Blitz hot mersch aufgeleicht, es tie Fraa tie Sprichwirter kennt un waaß, es mr noch en Rege kan Mandel prauch. Tie tenkt, tes betrefft sich auf tie Regeschirm aa, un ter wos sich erscht läßt naß wer, ter is entweder blöd so wie mr tes Wuert net in Ungarn, sondern in Teitschland versteht, ower hod r ka Geld. Tes letzter woar ower pei mir goar net tr Fall, tarem sen ich weidergfoarn: „Na ja, ich meine genau: Wo finde ich die Abteilung, wo ich mir einen Regenschirm kaufen könnte?“ „Ach ja, natürlich: Dritte Etage!“ „Danke!“
Wie ich auf Urt un Stell woar, hon ich erscht festgstellt, es to alles preiswert is, wal ich hon ghirt, wie sich zwaa ungrische Landsleit unnerhalle hon: „Tu, Freintje, zu wos konn mr tes Zeich prauche?“ Ter anner hot tes Zeich fachkundlich un sachverständlich krindlich ogschaat un hot gsocht: „Tes waaß ich a net, ower soviel is es wert!“ Hoffentlich wern se

terezeit schon traufkomme sein, wos mr mit ten Sach mache konn. Gekaaft hon se s, wal sie hon gewißt, es wirt alles teirer.
Na, hon ich getenkt, to krieg ich kanz preiswert e schee un kut Parsol fir mich, un so woarsch a. Ter Regeschirm woar in aller Hinsicht akkurat fir mich, nur an anzige Fehler hatt r: Er hot net rede kenne, un tes woar en große Mangel, wos sich ower erscht späder rausgstellt hot.
Ter Regeschirm woar lang wie nei, wal wenn's geregeget hot, hatt ich en nienet pei mr. Wie mr in Pápa woarn, to hatt ich n mitghot, un pein Auspacke woare zwesche ten Reißverschluß seine Zäh neigerode, taß mr zun zwate mit mein Freint Seppi e halwi Ston zu tun hade, es mr n rausoperiern hon kenne, so es r a e peßje verletzt woar. Von tere Zeit o hatt ich n immer in te Hand, nur wenn ich alle zwa Händ gepreicht hon, noch hon ich n nopgelegt, un wal er net hot rede kenne, is r vielmols lenn gepliewe. Immer woarn ower ehrliche Leit to, wos mr stots ten stumme Parsol nochgerufe hon.
Tes is mr ower a pall zu tumm komme, un wie ich mol Surge hatt, es mich niemant ermahne wirt, wenn ich mein Regeschirm auf ter Setzbank lenn loß, hon ich mich sicherheitshalwer schee traufgsetzt. Schee? Hat schee woarsch vleicht, ower kut woarsch of kann Fall, wal tr Regeschirm hot kanz laut „Knack!“ gsocht, und sei Knack woar a schon op, tes woar sei erschti un sei letzti Stimm.
Jietz hot sich's erscht rausgstellt, wie hoart mir ter Regeschirm ons Herz gewochse woar! Pei Rege hot r immer gfehlt un pei scheni Wittrung hatt ich nix pei mr zun lenlosse. Lang hon ich's a goar net ausghalle, un wie ich mol Zeit hatt, hon ich n mit Epokitt schee akkurat gereperiert, ach wos reperiern: Gerehabilitiert hon ich n! Un mit ten Motto: „Rege-

wedr, Sonneglut – Regeschirm is immer gut!“ hodr von tomols o zur Beruhigung immer in mein Auto gelege, un zu ten woare tadellos.
No jo, ower noch is wieder tie teitsch Frog komme, nämlich es ich of Teitschland foahrn soll. Wos, of so en weide Weg un mit so en Regeschirm? Naa, tes geht net, un ohne Regeschirm losse se mich ower a net. Mei Tochter hot mr ihrn eigene mitgewe, un tes woar Parsol Nro 2, ower lang hott tie Regierung unner ten Nome net oghalle, bloß aan Bsuch of Teitschland. Zun Uglick woar inzwesche amol Rege, un zun noch greßern Uglick hots ower a aufgheirt zu regen, sonst hätt ich Parsol Nro 2 vleicht heint noch in dr Famili, wal mir woar er kut kenung.
Mir jo, ower n Herrn Reitinger in Haar scheinboar net, wal e poar Woche noch meiner Hamkunft hot mr jemand en Regeschirm geprocht als Gschenk stots ten, wos ich in Herrn Reitinger sein Auto gelosse hon. Herrje, woar tes e Iwerraschung fir mich! Tes woar net en Regeschirm un a net e aldes Parsol, tes woar – konn mr soge – en Regeschirm wie e Parapluie in modernster Ausgoab, aanfärbig brau, wederfest, regendicht, vollautomatisch un drpei solid, grod meiner ernste Persenlichkeit ogemesse... Ter wos mersch gscheckt hot, hot getenkt, fir so en Mann, ten sein Nome nur aan-zwaa Puchstowe von sein eigene obweicht, tem gebiert so e Prachtsteck.
Kurz un kut, unner ten Nome Parsol 3 von Haar hots in großer Ehr geregiert zwaa Joahr lang, pis es in Wernau gfalle is. Pesser gsocht, es woar e Niederloag, wal ich hons nopgelegt of en Stuhl un hons lengelosse un nimmi gfonne. Es tut mr heint noch lad, ower in Krieg gibts Tode un wos weg is is weg.
In nächste Joahr woar ich wieder in Teitschland, kanz in der Pfalz. Erscht sein ich mit meine Kolleger a nei in die groß Kaufhalle un hon mr wellt e Puch kaaf

iwer Obst- un Weibau. Kleich newet tro hon tie Parseler gstanne, un so hon ich kleich tie Berechnung gemocht, es ich fir tes Puch zwaaehalb Parseler kriege tät. Na, so teier kaaf ich net in Ausland! Un iwerhaupt, wos soll ich ofang mit zwaaehalb Parseler? Es reget toch goar net, so prauch ich goar kans, un to vergesse in der Pfalz konn ich toch zu dr Not annerwos aa, net woahr? So sein ich wieder naus, hon die Bierfraa gfrägt, von wu ich hamtelefoniern konn. Tie Welt is klaa, tie Fraa hot mrsch gsocht un hot gfrägt, es ich von Ungarn sen, un wal sie selwer von Kischludt woar, wu ich noch nie in mein Lewe gewest sen, so hade mr gleich gemeinsame Bekannde. Of tie Freid hot se mich zu en Kriegel Bier eigelode un zwesche tene zwaa Kriegel Bier hon mr uns kegeseidich unser Lewe verzählt un noch hon mei Kolleger a noch alli gratis zu trenge kricht, wos a kut woar, wal tie hade inzwesche noch größren Turscht un noch weniger Geld, unnötig hat jeder en Regeschirm, wal kege Turscht schirmt e Parsol net.
Wie pisher jedes Joahr, is tomols a wieder ter Herbst peikomme, un mei Tochter prauch in Herbst immer en Regeschirm, tes hot se von ihre Motter geerbt. Sächt se, ich soll ihrn auspessern loß, wal to is wos schlecht tro. Na, hon ich getenkt, zeich ich tenne mein gepickte Regeschirm a, vleicht muß ich wieder mol schnell irgendwuhie, es ich wos hon. Viel ghofft hon ich net, ower ich hon mich aufrichtig mißt staun: Net nur es tie Ärzte heintzutogs schon kinstliche Gelenker mache un ropgeressene Ärm zurecknähe kenne, ower so en aafacher Parsolmacher hot mei verprochenes Regeschirwe a auspessern könne. Ter Stiel woar net so wie dr originale, ower kanz nei un alles hot tadellos geklappt. Pis zun Wakaner Treffe. Turt hatt ich mei Parsol noch, es Parsol 1 von Zwickau, zwati Regierungszeit. Ower tenoch woar

tie lang Treckening, un so waaß ich net, wu s hiekomme is, aafach vermißt. Ower fir tot erklärn well ichs noch net, wal ich hatts goar zu gern, un wenn ichs seech, kenn ichs von seiner ernste Foar, von seiner Wunde, wos tr Reisverschluß neigebesse hot...
Es haaßt, es Schicksal is unbarmherzich. Wenn mein Regeschirm net peikemmt, muß ich mr ender ower später en neie kaaf. Ower tesmol mach ichs annerscht, jietz kaaf ich mr an mit doppelter Ausnutzung un also praktisch em en halwede Preis. Wal ten wird mr pei Rege als Schirm un pein schene Weder als Gehstecke geprauche könne. Unseraner prauch schon en Gehstecke, wenn er als en älterer Herr pesser ausseche well.
Nur tes waaß ich net, es pein doppelte Gebrauch tie Garantie gege Verlur a doppelt wirt, ower nur halwer so wie pisher. Ich fräg pei dr Versicherung un sen schon gspannt, wie en Regeschirm...

1990

Briefe an Seppi

Liewr Freint Seppi!

Tu schreips mr, taß Tu wellst eitret in n Angler-Klub, un ich soll dr n gude Rat geb. To host tich om peste Platz ogewendt, te konnst mr klaawe. Wos mr prauch un wie mr Fisch fängt, waaß ich wohl net, owr wu mr net fange tirf, tes waaß kanr pessr als ich. Un tes is viel wichtiger, wie 's ganz Fischfange! Wall wennst ka Fisch fängst, to fällt tie Welt noch net zomm, owr wenns tuet fängst, wu mr net tirf, noch geht d'sch so wie mir, owr noch schlechtr! Jetzt tenkst, in mein letzte Prief hon ich a in erstr Perso kschriewe, un om End is rauskomme, taß von 'r alte Fraa tie Red woar, wos? Tesmol is 's owr tatsächlich so, wie ich tr schreip...
Also, frächt mich to neilich mein Kollegr, es ich net mitgeh angle. No ja, geh ich halt emol mit. Ich wer jo kan Angler, wall ich eß nur tie Elfisch gern, un soliche fange mr jo toch kanni. Un iwerhaupt, wos lept un ka Fliege un ka Maus is, em tes tut m'sch laat!
Na, gehn mr halt, zu Fuß natirlich, wall sonst wär'sch jo kan Sport. Patschken mr tie trei-vier Kilometr rop un komme of Ort un Stell.
„Terf mr to Fisch fang?" sog ich, Wall friehr woar tes 'n Fischteich un hot 'm Fürst Montenuovo von Poje gekhiert. To hon ich noch 'm Krieg a trei Tog lang mei Prot vedient mit Fisch eisalze."
„Heint is tes nur 'n Stausee zum Wasser auffange, un wall 'r vom Fischteich weitr weg ist, terf mr to angeln", secht mein Kollegr.
No ja, e Klubmitglied waaß tes schon pessr, als ich, natirlich hot 'rsch von 'm anern Klubmitglied ghiert. Na, kurz un gut, erst sein mr iwr Stock un Staa e Ston gelofe, un jietz hon mr trei Ston lang gsesse, wie tie stumme Sindr. Ich hat so Turscht, taß ich fir 'n halb Litr Wassr of 's kanz Lewe von mein Fischbe-

troag obgsocht hätt, un wu mr setzt, hot mrs a schon weh getun, owr lege is toch net sportmäßig. So hon ich halt tapfr ausghale.
Of amol kemmt ‘n Mann mit ‘m Bizikl schnurstracks hie zu uns un frägt neigierig:
„Na, meine Herren, wie dient Ihnen das Glück?“
Mir woar ter nei Sportfreint trotz seinr kroße Höflichkeit vrdächtig, net nur wall ‘r ka Anglergerät hot ghot, sondern wall ‘r mir zu laut woar, so wie wenn ‘r deham wär gewest un goarnet anglerisch... Ich hon nur mit dr Hand „nix“ gezeicht. Mein Komerod hot owr aufrichtig g’socht, taß mr mit ‘m Klick kanz scheißlich stehn.
Kleich is rauskomme, wie Recht es ‘r tesmol ghot hat!
Ter nei Ankömmling hot uns gsocht, taß mr vom Fischteich net Fisch fange terf, un dezu ten gscheite Roat kewe, mir selle uns gschwind auf tie Lappe mach...
Friehr wollt ich Leichtathletiker wer, un so woar ich a kleich gscheckt, owr mein Komrod is zu präzis of sein Angeln...
In poar Sekunde woar ‘n aner Mann do. Ter woar schon moderner: ter hat net nur ‘n Motor, sondern a e’ sche Gwehr! Na, Krißkott, hon ich ketenkt, jietz stehn mr wiedr sche to!
Dr Mann hot uns ungrisch bedeitscht, taß mr im Fischteich sen un hot unsr Dokumente velangt. Mein Kollege hat alles, un dr Mann mit ‘m Gwehr hot festgstellt, taß mr Lehre sen un hot uns ropgemocht, wie ‘n frieriche Lehre sein schlechste Schillr. Ich hat koarnix pe mr, nur ‘n Scheck-Abschnitt in meinr Priefdasche, ten hon ich kezeicht, taß ich mich a legitimiere konn. Ter Mann woar net tumm, ter hot mehr gelese von dem Scheck, wie wos traufgschriewe woar, wall er hot sche teitsch gsocht:

„Krautschwowe!“
Von ten konnst seche, taß ichs woar, wall von jedm sein Nome sickt mr net kleich, taß er, ‘n Krautschwob is, net woahr?
Ich hon owr a konstatiert, taß er a kan Stockungr sein muß! Am End is a rausg’komme, taß ‘r Jakob Blumenschein haaßt, owr jietz woar ‘r toch amtlich streng ungrisch. Erst hot ‘r uns nochmal sche tie Leviten virgelese un uns krindlich ropgemacht, noch hot ‘r gsocht, mir selle opfoahr!
Tes hot ‘r ka zwaamol soche preiche! Ich hon ‘m kleich versproche, ‘s nächstmol komm ich mit ‘m unbedingt of ‘r Hochzet zom, un hon nur lache’ misse, wos mei Fraa zu tere Kschicht soche wirt...!
Nochträglich muß ich owr feststell, taß tie kanz Sach toch ‘n Nutze ghot hat, wall wie hätt ich tir sonst Roat kewe kenne?
Also kudi Ksuntheit un ‘n erfolgreiche Fischfang winscht tir tein Freint

Engelbert Rittinger

(Deutscher Kalender, 1976)

Liewr Freint Seppi!

Es hot mich hoart gfreit, taß s dich in den Anglerklub aufkenumme hon. Es is toch erfreilich, taß mr heintzutog ohne Protektio, bloß auf Grond seiner Fachkenntnisse aufkenumme wird. Sickst, es woar toch kut, taß tu mein Roat befolgt host. Dene, tie wos ten Deutsche Kalenner mache, häst ower mein Prief net zeige selle! Derzeit lache alle Leit, wenn s mich seche, un ich sein kezwonge, tie teitsch Sproch zu lerne, taß ich net so ville Schreipfehler mach. Wirst jo aa schon bemerkt hon, taß sich mei Schrift kepessert hot, net? Jeder frägt mich, ob tes a woahr is. Na, selbstverständlich, wos net keloge is, tes is alles woahr, tes is toch logisch, net? Un liege, tes aani tu ich net, un stehle aa net. Waaßt, ehrlich währt am längste.

Tu schreipst, ihr wellt in eiern „Fachzirkel für Heimatkunde" iwer tie Kschicht von unsrer Gemeinde n Dischkusch hal un to soll ich aa etwos vrzähl. Na, es tie Jugendliche aa e Ahnung selle hon, vrzähl ich, wie's uns noch n Krieg kange hot.

Tomols hatte mr Geld zun Fresse: dr ärmst Mensch hatt aa n Rucksack voll. In tere Hinsicht hon mr also kut gstanne. Zu esse hatte mr om Land aa, nur tie Städter hatte ka Mehl un ka Fett, mir ka Zinthölzer, kan Zucker un noch villes net. Auto hatt nedemol dr Owerstuhlrichter, un taß mol dr Hund zum Statussymbol wird, is nedemol in Traam kan Mensche eigfalle. Ich maan halt, tomols woar tes Statussymbol kanz aafach ter Korken. (Waaßt, wos tes is? N Pantoffelstopper, wennsts so pesser vestehst, na!) Tu maanst jetz, ich hon n Vogel in Kopp, wos? Also: zu n Korken hot mindestens aan Weikrug gehiert, un wer n Krug hatt, ter hatt aa n Keller dezu mit mehrerilaa Wei...

Kurz un kut, mir hatte kan Korken un tie Zughieringe aa net, ower mein gottseliger Kroßvoter hatt alles, nur zun Trenge woar er allaa. In Weigoate hots sche khonge, tie Les is peigereckt, secht r, ich soll monchsmol n Krug Wein hol, taß r all wirt, wal mir prauch tie Fässer. Wos zu mache, um ihn aus tr Not zu helfe, sein ich in tie Nochprschaft kange un hon n Krug velangt.

„Geb ower Ocht of ten Stopper, wal ter is net ogeponne“, secht tie Bärwl Woas.
Ich hon mich of mein Bizickl gsetzt, un sein fuetgfoahrn. In Surgetin sein ich stehgepliewe pei dr Karaschitz auf de Brecke, un hon ins Wasser gschaat. N heilige Johannes hon ich aa hiegekrißt un hon so nochgstudiert, ob ter sich schon mit seiner Fraa vesöhnt hot ower net. Von wu ich waaß, taß tie streitig woarn? Hat aa von mein Kroßvoter. Trowe auf tr Höh zwesche Munyerod un Kemend hot tie Heilig Margaretha gstanne. Wie mr mol mit mein Kroßvoter auf Kemend kange sein, hon ich gfregt, warem tie Margaretha immer südlich schaat.
„Tes hot sein Krond“, secht mein Kroßvoter, wal tes woar n gründlicher Mann. „Host in Surgetin auf tr Brecke schon ten Johannes gseche?“
„No ja, ich kriß n toch immer hie, wenn ich vrpeigeh“, sog ich.
„Na sickst: tes is tere Margaretha ihrn Mann, ower tie sein streitig wuern, un sie hot n fuertgejogt. Jetz schaat s, wu r geht.“
So waaß ich also tie Kschicht. Es tes mein Kroßvoter waaß, to hon ich mich koarnet gstaunt, nur tarem woar ich e peßji stutzig, taß so heilige Leit trham in dr Famili aa streitig wern... Mit tem sein ich a weitergfohrn.
Mein Kroßvoter woar schon in Keller, wal er woar n akkurater Mann. In d Kellerstuwe woar e Strohbett, wos er selwer gflecht hot, to hon mr gsesse, hon aazwamol getronge un getischkeriert vom erschte Weltkrieg. Kanz Serbien woar on d Wand ogeklebt auf militärische Landkoarte. Außer dene hatt r noch n Holzlöffl aus Lemberg un n kanze Kopp voll mit Rätsel. Tes hatt r noch vier Joahr Krieg hamgeprocht...
Als tie Hetz nimmi so kroß woar, hon ich mich of n

Hamweg gemocht. Pei m Olaßer Berg is es gepassiert. Tie Stroß woar schlecht, un dr Krug is pei m Loch am Bizickl ogschloge, verproche un dr Wei hiegeloffe. Ich hon den Krug in den Stroßegrowe gschmesse un sein weitergfoahrn. Auf aamol: Hopp! – fällt mr der Korken ei! Kehrt euch! – zureck den Stopper hole. Gesagt – getan, un ich sein wieder weitergfoahrn.
Es woar grod Fütterschzeit, wie ich neigerufe hon:
„Bärwl Woas, to hon ich eiern Stopper geprocht."
„Un dr Krug?" frägt s.
„No ja, ihr hott gsogt, ich soll auf ten Stopper Acht hon. Dr Krug is verproche."
„Jess Maria!... Un dr Wei?"
„Der is auf tie Stroß geloffe", sog ich.
„Ei, ei!..." hot s gemaant, „der kut Munyeroder Wei!..."
Ich hon noch halt kleich zwaa Krick gekaaft un aan Stopper, wal den hatt ich jo kut aufbewoahrt, net woahr?
So e Welt woar tomols, sickst!
Mit tem schließ ich aa mein Prief. P. x.! (Tes bedeit: pleib xund! Mir muß mit der Zeit spoarn!)

Dein Freint.

(Deutscher Kalender, 1977)

Liewr Freint Seppi!

Peinoch hätt ich vegesse, taß ich tir schreiwe muß, tevier es t obraast. No ja, es wär a net so schlimm, ower wos sich khirt, tes khirt sich. Nur waaßt, in dr Pinktlichkeit sein ich kan Franz Josef. Ter woar so

pinktlich, hot mein Lehre immer ksogt, taß r immer aa Minute ender komme is, wie dr Zug weggfoahrn wär. Tes is net mein Tempo. Ower waaßt, mit tene Kroßkepp konn mr nie net wisse, wie mr steht. Ich hon schon so mehrmol nochgstudiert, vleicht woarsch goar net so; vleicht is immer ter Zug aa Minute späder weggfoahrn, als ter alt Kaiser okomme woar... Maanst net aa?
Na, kurz un kut, ich hatt ka Zeit zu schreiwe, un hatt ower aa nix im Kopp. Pesser ksogt, mein Kopp is schon so, wie n Dietersch Henrich sei Faß. Tes verstehst wieder net, wos? Ter hatt treierlaa Wei, ower all in aan Faß, wal er hatt net mehr Fässer: owe woar ter Kaschaer, one ter Palkaner un in dr Mett woar Zwetschkewei, wie er selwer gsogt hot, wal dr Wei is noch Gewicht kange, tie pesser Qualität is schwerer. Wenn mr peim Henrich Vetter in Keller woar, noch hot r gfrägt, wos mr fir an trenke well, un tennoch hot r ten Ziecher neigsteckt. Ohne Witz, m Mensch sein Kopp is wirklich schon wie e Osmack: oarwete, lerne, remfoahrn, Surge hon, tes is schon e peßje iwertriewe.
Von ten Lerne fällt mr ei: waaßt, unser Sproch – tes is ka Klaanigkeit. Ich hon immer gemaant, ich konn teitsch, ower waaßt, wie tumm dr Mensch monchsmol is? Net zun Soge! Un wos so Hochschullehrer fir Geduld hon, tes is pall net zun Klaawe. Sog ich verschämt, ich kenn net tie teitsche Lehrpicher von dr Grondschul, wal ich hon pisher net teitsch unnerricht. Secht mein Mitschiler Kollege, kanz keproche teitsch, ower schon pall unverschämt selbstbewußt, er kennt tie Grondschulpicher aa net, wal er unnerricht tie teitsch Sproch – im Gymnasium!... Un tie Frau Weiss hot nedemol s Maul vrzoge! Solche Nerven!
Na, mit tir hatt ich aa wieder ä sche Steck! Frägt

mich to neilich en Tischler:
„Ihr seit ter Mann, ter wos mit ten Kalennersch-Seppi im Priefwechsel steht?“
„Ja“, sog ich e peßje mit Stolz.
„Na“, secht r, „ich hon gemaant, Ihr seid n kanz junge Kerl, ower Ihr seid aa kan heirige Hos mehr!“
„Tes stimmt schon“, sog ich, „ower ich maan, tie Hoarfar hole mr aus aan Gschäft, net?“
Tes hon ich nur tarem gschriewe, es t seche sollst: pei uns kennt mr tich aa!
Wos t von ten berichst, taß unser Kalenner viele Leit net gfällt, to schreib ich tr etwos. Pei uns woar n Mann, ter hot sich immer so virgstellt:
„Ich pin Pastian Fiebereck, ten wos s net paßt, ter konn mich om ... geleck!“
Ter Mann hatt Klick, wal sein Nome hot sich gereimt, un er hot alles teitsch gsogt. Ich sog nur sovill: ten wos unser Kalenner net paßt, ter soll mithelf, taß r pesser wirt! Liewr preicht mr kute Roat, wie mr ten Kalenner verkafe un kriege kennt. Ich maan, jetz sellt mr emol in Harkan prowier, to sein Teitsche von Osten un von Westen, hoat ville aus Ungarn. Un tene Ausländer gfällt unser Kalenner, tes waaß ich aus eigener Erfoahrung.
Leb wohl, Seppi, un schreip, tein Freint.

(Deutscher Kalender, 1978)

Liewr Freint Seppi!

Vrzeih mr, taß ich tr so lang net kschriewe hon, ower so om Joahrend hot mr vill zu tun. Natirlich tes Schuljoahr maan ich, wos heir iwerhaupt lang getaut hot, kanz pis in die Hundstäg nei, taß tr Lehre un tr Schillr schon dr Kopp geraacht hot, wal kan Rege woar owetrauf aa net. Vill Sinn hatt tes schon nimmi, un ich maan, tie hons pesser gemocht, tie wos fir tie teitsche un fir tie südslawische Kenn in Baar wieder e Leseloger organisiert hon. Tes is e wos Kscheides, Seppi! Ich woar aa eigelode, un to woar ich froh. Wennst zwesche so junge Leit pist, tes is krot so, wie wennst turch n Fenster in die Zukunft schaae kennst. Ich hon konstatiert, taß tie Kenn heier pesser teitsch rede un schreiwe, wie vir n Joahr. In Loger rede s nur teitsch. Nur tes is froglich, wie s noch trham rede wern, in Sommer mit ihrne Eltern un Großeltern. Wal fir tie Lehre un fir tie Kindergärtnerinne is wieder Weiterbildung in Zwickau, ower tie oarme Schiller sein in Sommer kanz velosse. To lese ville nur noch e teitsches Wuet, wenn s ons Turfend gehn un seche tes Gemeindeschild... Pei uns sen nämlich jietz monche Gemeindenäme teitsch aa rauskschriewe. Ich waaß ower net, ob tes net mehr schodt, wie wos s nutzt. Tie kanz Kschicht schaat so aus, wie wenn tes mir Schwowe unbedingt preichte zun Lewe ower gfuerdet häde, un tes konn uns wieder pei ville Leit unsympathisch un schwoarz mache. Tie Ausländer kenne vuerläufig aa net vill ofange mit, wal sie hon ka entsprechende Landkarte drzu. Tie Politik is ower ka Katzinsack un ka tummes Zeich, tarem sellt mr te aafache Leit pesser weiß mach, zu wos tie kriene Tofel kut sein. Umso ender, desto pesser... Tie meiste Leit wisse nämlich net kenung iwer tie Nationalitätenpolitik un hon noch zu wenig trfo khiert, taß in dr Sowjetunio aa Unger un Teitsche kibt, tie wos ihre Sproch lerne un benutze kenne, taß in Amerika un in Schweden un Finnland aa zwaasprochige Tofel kibt. Ich woar noch net tuet, ower of Pilder hon ichs schon kseche un gelese in ungrische Zeitschrifte englisch

un ungarisch, ower teitsch un sorbisch...
Wos sächst zum Wiener Treffe? Tes gfällt mr! Nur schod, taß s ten Breschnew un ten Carter net of r Hochzet kelode hon, wal noch wärn s vleicht of Ungarn aa komme. Tes is ka Witz, wal tie Burgenländer losse sich trham in Österreich koplier un matrikle, un noch packt sich tie kanz Gsellschaft zom un kemmt riewr of Sopron Hochzet halle. Tes hon ich selwer kseche, wie ich to unlängst in Ödenburg woar...
Mecht ower nix, Hauptsach, taß mr jietz wieder getrost in Friede lewe kenne un fir Tuwak is aa wieder gsurgt. Leb wohl, Seppi un schreip!

(Neue Zeitung, 13. Juli 1979)

Liewr Freint Seppi!

Sickst, jietz keht tie Uhr richtig! Pisher hot tie kanz Kschicht so auskschaat, wie wenn mir zwaa uns to henner t annern ihrn Buckl ploß amüsiern täte iwer allerhand lustige Sache aus m alltägliche Lewe. Jietz scheint mr ower so, taß tie Leit traufkomme sein, es to net von unsre Privatsach tie Red is, sondern von r allgemeine Ogelegeheit. Mehreri Pekannte un Freint hon reagiert un hon sogar in unsrer NZ zu wisse kewe, wos s maane trzu. Un so muß mrsch a mach, tarem hot e jeder sein eigene Kopp, taß r n zun Studiern benutzt, net nur zum Hut traufsetze.
Mit mein letzte Prief woarscht net kanz eiverstanne, un tes is a kut, tes hatt ich mr a so virgstellt, wal ich tich kenn. Natirlich sein ich aa of tere Maanung, wie Tu. To hast aa recht, taß unser Kenn trham aa schon

mehr teitsch rede wern, wie pisher, tes stimmt, ich sech tes pei meine eigene Ogehierige. Un wos maanst, sogar in Briefwechsel sein s getrete mit Komerode aus tr DDR, mit tene wos s sich jietz in Sommer pekannt kemocht hon to in Ungarn. Sie woarn nämlich auf r Rundraas peßje in unsern Voterland, wal ich soch immer: erscht soll e jeder sei eigeni Heimat a peßje kennelern, noch soll r ins Ausland foahr. Tes khiert sich so fir n verninftige Mensch, sonst pleit r vir tr Ausländer in Schande.

Von ten fällt mr ei, taß ich mit 39 annern Freint in Zwickau woar, wie to trham zwesche uns tie Korrespondenz opgelofe is. Ich konn dr stolz mittaale, taß tich net schäme prauchst mit uns. Mir hon vill gelernt, un net nur von d Lehre, sondern von d aafache Leit auf tr Stroß. Mir hon ville Leit als Privatpersone kennegelernt, un tes prenkt uns enant nächeder zomm. Ich hon aa schon en Prief kricht drzeit. Natirlich hatte mr a offizielle Treffe mitenant, wu mr kegeseitig e peßje Kostprob kewe hon von unsern kulturellen Erb. Mir hon tes in trei Sproch kemocht: teitsch, schwäbisch un ungrisch. Un wie ich schon erwähnt hon, hon mr uns koarnet schäme preiche. Mir hatte solche Erfolg, taß unser aani Kollegin kleich heirn hätt kenne, unzwoar von unsne peste Freint aan, kanz ernst. Ower ihr Herz hots net vrtroge, trham is halt trham...

Aans muß ich tr noch aufrichtig eingsteh: tes Zwickauer Bier is erstklassig, un owets woar dr Kosmos voll mit Unger. (Tes is net tr Weltraum, sondern e Gasthaus. Tes erwähn ich nur tarem, es net irgendwelche Mißverständnisse sein selle mit annern Weltmächte...) To maan ich in erschter Linie net uns, sondern jingern Unger. Von Polen hot tr aa jung Mann aa schon kanz kut ungrisch geredt, ower om peste is m es Fluche kange, un tes hot mich e peßje

traurig kemocht... Tes woarn ower net mir. Un ich sein sicher, taß tes ter Arbeiter Jupp aa waaß. Er hot uns vrzählt, taß r sei zwaa schenste Joahrn noch als Kent in Ungarn, in dr Batschka, kanz genau in Gara pei dr Famili Gatti veprocht hot. Tebei hon m tie Träne in de Aage gstanne, un mir hon n vesproche, taß mr nochschaae, wer noch lebt. Ich woar selwer stolz, trotzdem es ich persönlich net von Gara sen, ower taß ich toch ostendige Leit von tuet kenn.
Sickst, so klaa is tie Welt, Seppi, un so schee kenne mrsch hon heintzutog, wu schon pall e jeder Millionär wern konn, wenn r e weng trocht. Leb wohl un loß wieder mol wos von tir hirn, tein Freint.

(Neue Zeitung, 10. November 1979)

Liewr Freint Seppi!

Tesmol bericht ich tr von unsern fenfte Kongreß, un tes hot sein Kront: to hot e kanzi Reihe von Journaliste gsesse, tie verständige die Welt ungrisch un teitsch un in allne Sproche, wos in Ungarn geredt wern, nur schwäwisch net. Secht unsern Freint Niklos – net ter Weinjörgs, sondern ter Sekretär-Niklos, waaßt –, also secht r zu mr: „Waaßt wos? Wennst allemol to pist, schreip aa en Prief, taß tr Kalennersch Seppi un sei Ogehirige aa e Ohnung hon von unsern Kongreß!"
Also tarem bericht ich jetz, ower hauptsächlich iwer tes, wuriwer tie Zeidunge net schreiwe, wal tes kenne s Kalennersch jo in dr Neie Zeidung aa lese, kelt?
Tr erscht Owet woar noch frei. Peim Nochtmol hatt ich lauder hipsche junge Leit emher, sogar tie Lissi

von unserm Bildschirm hot aa to gsesse. Sie hot n opferbereite Mann gsucht, ter wos ihr Nochtmol tät eß. Aanstals tarem, es sie sche schlank pleiwe soll, annerseits, es tes Nochtmol net zugrontkeht, wenns schon eigezohlt is, un trettens, wal ich net Mittog ghale hatt, hon ich mich halt aufkeopet. Tie Lissi hot tesmol kanz in natura gschmunzt, un hot woahrscheinlich ketenkt: wenn ter tomols tie teitsch Krammatik so gekennt hätt, wie r jetz esse konn, noch wär ka Maleer gewest...
Zun Trenge hade mr erschtklassiges östreichisches Pier, tes hot „Gold Fassl“ khaaße. Tes mußt so vrsteh: es Pier woar vom Fassl un sein Preis woar von Gold. Wer ower hot welle, ter hot Wolgawasser trenke kenne, tes läft in den Hotel Wolga aus ter Wasserpippe, ower herrisch aus n Wasserhahn.
Noch n Nochtmol hon mr n Film ogschaat, tes woar wunderbar, to hon ich fir lauder Stolz tes wieder zugenumme, wos ich peim Nochtmol opkewe hon. Im Film hon s all sche getanzt un gsonge, ower mir hot toch tie klaa Thomannsn om peste gfalle.
In dr Frih sein mr zeitlich auf, taß mr alles erledige kenne, wal in dr Stodt hade mr aa zu tun.
Im Kongreß-Soal woarn Bekannde aus m kanze Land. Tie wos ich net persönlich gekennt hon, tene hon ichs on dr Oart ogseche, taß es unser Leit sein. Vier mir hot n alde Schwob gsesse, ter muß aus tr Tolnau gewest sei, wal er hot sich schee akkurat aufgschriewe: „Im Präsidium setzt tie Benge Vali“ – un von dem *per tu* maan ich, es misse Landsleit sei. Tie Frau Benke is ower noch immer e hipsches Weipspilt un peispielhoft pescheide: sie hot gsogt, sie konn net kut teitsch, ower wenn von uns aaner etwos schlecht teitsch ksogt hot, noch hot s toch so haamlich gschmunzlt, wenn s aa net ten Tolmetscher im Urwaschl hatt... Un wie tie Fraa pereitwillig is,

Seppi! To sickt mr kleich, es s mol als Minister getient hot. Wie mr om End gemeinsam en Prief zun Kádár János gschriewe hon, hot s kleich ksogt, sie nimmt n vom Herze kern mit, wal sie keht t Nochmittog sowieso zus Kádárs. Ich waaß net, ep s strecke kange is ower nur so aafach tischkeriern, so neigierig sein khiert sich net. Konn ower aa sein, taß s selwer aa Post schecke well of Frankreich on ihre Pekannde. Waaßt, tes is halt so: net em tene fenf Forint, ower so kehts kschwinder, un mir Schwowe spoarn halt mit m Geld, eps unsersch is ower n Stoot seins.
Von d Redner hot mr pesondersch ter gfalle, wos gsogt hot, mir sellt jedem Saldot of ter kanze Welt e Trompete in die Hand keb stots en Gewehr. Tes woar n Musikant, ter Födi Jani von Tscholnok, ower mit seiner Friedenstrompeten-Idee woarn mr alli eiverstanne. To trie hon ich mr iwrigens aa schon d Kopp veproche. Ich maan, tes wär koar net schlecht, wenn mr von d Tanks Ackermaschine un Mähdrescher, un von d Maschinengwehrn lauder Wirschtspritze tät mach, maanst net aa? To täts Wirscht geb, Freint nochemol!
Tu waaßt ower aa, Seppi, wal tes konn mr schon in dr Piwl lese, tr Mensch lebt net nur wegen Esse un Trenke. Es Sprichwuet secht: Wein soll mr in klane Dosen nehm, es Wisse in kroße. Taß mr ten entspreche kenne un unser scheni Sproch un Lieder un unser kanzes kulturelles Erb net in Verluer keht, sellt mr a mehr les un hauptsächlich unsre teitsche Picher, Kalenner un Zeidung. Iwer tes hot dr Sprochdokter Manherz, ter General a. D. „Onkel Fritz", tr Schuth Johann un tr Szende Béla von Fenfkirche geredt, von ten wos s soge, er konn schener teitsch wie die Teitsche.
Pein letzte Mittogmol hon ich e peßje aufkepaßt, wos tie annern kriege als „Zuspeis". Ich hätt lache kenne,

wie unsern General n kanze Teller von keele Riewe kricht hot, woahrscheinlich tarem, es r schee pheife soll kenn. Ter Kerner Lorenz hot so schallend kelacht, wie dr Berliner Bär, wenn r krot net im Dienst is im Stodtwappen. Konn ower aa sein, taß unsern Lorenz mit sein Teller voll Paprika so froh woar, wos r woahrscheinlich fir sein schoarfe Tiskussionspeitrog kricht hot. In meiner Näh hot tr nei Vizepräsident gsesse, mit tem hot tie Köchin aa Ausnahm gemocht: ter hot zwaa Umuerke kricht, ich tenk es r mehr Mogesäure soll kriech un so zu seiner neie Stell ernster wirt, wal tes is n gepuerne Humorist vom Westend.
Ja, Seppi, mit tem schließ ich aa fir heint, wal jetz kehn mr on die Oarwet, unzwoar mit volle Ernst. Mir soll immer tes mach, wos krot on dr Reihe is: wenn mr esse, noch esse mr, wenn mr oarwede, noch oarwede mr un ziege uns net wie en Strulteig, wal du waaßt aa, wenn mr etwos mache well, noch muß mr etwos tu.

(Deutscher Kalender, 1980)

Liewr Freint Seppi!

Ohne schodefroh zu sein, muß ich tr aufrichtig schreib: hol dr Kuckuck tein Wei! Es is wohl schod, taß Tu n ellaa getronge host un ich net trpei woar, ower toch is r net of tie Stroß geloffe, wie mein tomols... Un Geld wirst schon aa wieder kriege, fir Oarwet kriegt mr jo Geld. Anermol kaafst halt nur tes, wos t prauchst un hauptsächlich net so Sache, wos nochträglich pilliger wern. Hauptsach, taß tr noch Soppe hot un tes eß nur aa. Vrstehst mei Logik? Waaßt, es Sprichwuet secht, wer lang soppt, ter lebt lang. Ich eß aa fleißig, un wenn mr noch lang soppe, noch wern mr alle zwaa noch om End perihmte Leit. Hat hop tich kut o, Seppi: unser Korrespondenz is jetz net nur in de Neie Zeidung un in Kalenner, sondern in n Buch a erschiene! Schwoarz of weiß, so wie ich tr sog! Owedrei is es e schenes Buch, un die Leit kaafe s. Nur schod, taß so ville Druckfehler tren sein, un tie wern halt wieder of unser Zech gschriewe, ower trotzdem konn mr es Lese temit iewe. Un wos tie annern gschriewe hon, tes is e reini Freit zun Lese, Seppi.

Von tem fällt mr ei: wennst unsern Gyuri bácsi noch net gegratuliert host, noch breng tes pei, Tu konnst toch so schene Reime schreiwe. Er is 70 Joahr alt, un ich winsch m meinerseits noch e poar tichtige Kessel voll Soppe...

Wos mei Erfoahrunge von dr Volkszählung obelangt, muß ich tr mittaal, taß mr tesmol ville Stootsbirger mit teitscher Nationalität un weniger mit teitscher Mottersproch hon sellte, wal tes is tie Woahrheit. Ower in Wirklichkeit wern mr hauptsächlich solche hon, tie wos Teitsch nur als Fremdsproch ogewe hon. Trotzdem maan ich, tie Zoahle wern etwos hecher, als vir zehn Joahr. Sicher is tes ower net, wal nedemol tie Teitschlehre getraue sich soge, es s Teitsch als Mottersproch kenne...

Tu schreibst von Spoarn, un tes is jetz immer aktuell. Nur waaßt, mein Kroßvoter hot immer ksogt: verschwende konn mr es Haazmaterial in Winter aa, ower spoarn konn mrsch nur im Sommer. Ich maan, tarem wird vom 6ste Aprel o tie Sommerzeitrechnung eigfiert, es mr Energie firn Winter spoarn.

Ten Teitsche Kalenner host net nur Tu gelese, sondern viele von unsne Ausländer aa. Tie sein froh mit, un nenne unser Joahrbuch „ein Stück der schönen alten Heimat“ un maane, unser ungarteitsches kulturelles Lewe is wieder in Aufschwung. Tes is leicht meglich, wal pei uns zum Beispiel wern heier zwaa Schwowebälle of aamol ghalle om 16. Feber, un tie Eitrittskoarte sein schon lang all verkaaft. Ower net nur es Tanze gibts of ter Welt, monchsmol muß mr aa fest oarwet, un denoch konn mr aa senge, wenn mr tie Oarwet gschafft hot. To drzu gibts e kudi Gelegeheit mit dem „Reicht brüderlich die Hand!“-Wettbewerb. Zu dr Organisierung winsch ich Tir viel Klick, Tein Freint.

(Neue Zeitung, 9. Februar 1980)

Liewr Freint Seppi!

Tie Foschingszeit is vrkange, un jetz fange wiedr tie Oarwetstäg o. Pei uns woarn zwaa Schwowebäll mit lustige Tänzer un kude Musich. Pei solche Ogelegeheide tuts am net laat, wenn die Schuh in Fetze gehn; es kreßer Maleer is, taß s werktogs a zu frih verreiße, un wal vurläufig noch mehr Werktäg sein wie Schwowebäll, so prauch mr mehr Schuh.

Wos tie Werktäg obelangt, to fällt mr krot ei: net nur Bälle woarn in unsre Gemeinde, sondern e Nationalitätewoche woar a mit r schene Ausstellung. Pei dr Eröffnung woar die Neie Zeidung un dr Radio a vetrede, un die Bewohner un die Vetreder hon sich kegeseidich ihre Maanung ksogt. Unsern ane Landsmann hot kanz gerührt eigstanne, taß in seiner Famili jedi teitsch Sendung e feierlichi Ston bedeit. Ich maan, tes is pei mehr Leit so, Dank sei Gott un n

teitsche Radio von Ungarn. Viele Oowesende hon vesproche, taß s tie Zeidung pstelle, ti immer interessanter un beliebter wird. Mir scheints wenichstinks so, un tie Mitoarweder hon a tes ksogt, nur lese sellt mr s mehr...
Tie Ausstellung hatt n hoat kroße Erfolg. Net nur die Zeidunge hon driwer gschriewe un dr Radio trvo geredt, sondern viele Städter sein komme un hon fotografiert un Aufzeichnunge gemocht. Es woar ower a richtig sche. Tie ganz Verostaltung hot mein Kolleger, ter Jávorka Csaba, also n Unger, organisiert un bewiese, taß tie Nationalitäte gut mitenand lewe un noch viele solche Kostbarkeide in d Lode remlen hon, wos dene heintige Junge unbedingt gezeigt wern misse. So gewennt e jeder durch Bereicherung dr Kultur.
Ten kreßte Erfolg hatte ower tie Boschoker mit ihrn Gsang un mit ihre schene Volkstrocht. To is vielne Leit woarm wurn em n Herz, mir selwer a. Tie Mitglieder sein all von dr Oarwet to herkomme, un ihrn Chur hält net tr Fenfkirchner Radio zom, sondern ihre eigeni Begeisterung un ihre Ausdauer. Tes prauch mr drzu, net nur n große Oolaaf mit Strohfeir, wal tes hält net lang o.
Wos tie Politik betrefft, to woarsch in vekangene Monet wirklich woarm. Mir wärsch ower liewr wenn die Sonn tät schein, wal ich hon viel Oarwet in Goarte. Tarem schreib ich heint a net mehr, tein Freint.

(Neue Zeitung, 22. März 1980)

Liewr Freint Seppi!

Ich woar schon kanz vrschrocke, taß tie Terroriste tie trei Heilige mit ihrn Sack irgendwu obgelenkt un vleicht in Hop kenumme hon, wals nochmol Winter hot wellt wär. Ower es scheint so, es s nur tes Schaltjoahr e peßje irrgemocht hot, ower vleicht tie nei S-Rechnung. Tie mecht mir a Surge, wal pisher woar ich net kanz 1 Meter schwer (teitsch secht mr 1 Doppelzentner, wenichstings wenn von dr Mästsau die Red is), un jietz mit tere internationale Rechnung hon ich krotaus 100 Kilo. Tie Millibar hon ich a schon lang von d Österreicher khiert im Wetterbericht, ower mei Kolleger maane, mir sellts mol ausprowier, wie am so n Mann peim Benzinpronn oschae tät, wenn mr 190 000 Millibar Luftdruck in seine Autogummi kriege mecht. Konn sein, es am so tät keh, wie frieher in Sier mit m Messertangle... No ja, mir wern tes schon gewehne, wie mit ten Joch un mit m Hektar: tie Junge lerne s kleich so, un mir Alte – tu kennst jo es Sprichwuert: „Wie tr Schuh iwern Laast kezoge is, so verreißt r a"...
Wos tei Erinnerunge betrefft, tes is a so e Gschicht. To neilich hot mr en klaane Schiller ksogt: „Herr Lehre, ower Chineser mecht ich net sein!"
„Warem?" freg ich.
„Hat... alle Tog Reis esse!?"
Ter hot noch kan Kukuruz kesse stots Reis.
Zweifellos hon sich tie Zeite vill geändert, ower net in jeder Hinsicht. Tie alde Grieche hon schon vir dreitauset Joahr immer aufkheit mit m Krieg, wenn s etwos wichtigeres virhade, wie zum Beispiel tie Olympische Spiele. Tie hon ksogt, kämpfe konn mr immer, ower spiele nur noch, wann die Zeit to is trzu. In dere Hinsicht sein mr also net vill furwärtskomme. To kennte monche Stootsoberhäupte vom

Fenfkirchner Radio un vom Radio Steiermark Beispiel nehme, wie mr die Völker mitenand freintschaftlich zomprenge kennt: mit Musich, Gsang un Tanz, un pei dr Unnerhaltung konn mr tie Probleme a berede, wies tie to unlängst in Schomberg kemocht hon. Tes Schomberg is schon kanz berihmt turch seine Eiwohner, wie ter Schipp-Vetter un sein Suhn, un tie annern von dr LPG a natirlich.
Wos sechst zu unsern Kádár? So Leit hon ich gern! Sickst, ter hot net gekresche, wie der sell vir vierzig Joahr, wos firs teitsch Volk den große internationale Tourismus eingfihrt hot. Ter hot uns a e Tour ogetun mit seiner Verführung, wos mr heint noch kspiern. Un die Zuhuerger hon a net noch jeden Wuert offiziell patsche misse, wie dem III. Matheis (net den „Gerechte“ maan ich, sondern ten, der wos im Sommer a hot wellt es Eis prech). Un toch hon die Leit gepatscht un sogar gelacht, ich selwer a vir n Fernseher. Meini is e gläubigi Fraa, sie hot kemaant: „Unsern Herrgott soll den Kádár nur noch lang loß leb, noch preiche mir Oarwetsleit ka Surge hon.“ Ich hon r recht gewe, wal er hot von uns Nationalitäte a geredt. Es staunt mich net, taß so ville ten Mann zu Kume orede mechte...
Ärger tich net, Seppi, ower tesmol hon ich tarem net kleich geantwuert, wal tir annern a schreiwe, un ich well net, es t so vill Prief kriege sollst, es t s om End net zwengst. Leb wohl un schreip, wal „Die beste Pädagogie ist das persönliche Beispiel.“

(Neue Zeitung, 19. April 1980)

Liewr Freint Seppi!

Tesmol hon ich tr net wellt schreip, wal ich hon getenkt, mir treffe uns persenlich to in Agárd. Tu pist ower pisher net komme, un jetz sein ich kanz vezweiflt. Aanstals hon ich tir wellt kratulier zu tein schene Senge in Kätschka, to trvo hon ich schon khiert. Anerseits hon ich tr aa berichte welle, wie dr Sengchuer von Boschok lebt, wal to unlängst woar ich pei tenne of so n Owetsgespräch. Tie mache sich zurecht zum Wettstreit, ower net nur sie, sondern tie Willander aa, wu tie Senglust Teitsche, Unger un Krowote in aan Chuer zomprengt un veraanigt. Tes wär ower alles net so tringend, ower jetz is e kroßes Maleer: mir hon to alli e Hausaufgob kricht, un to preicht ich tich trzu. Es handelt sich um irgendwosfirche Tiere, wal dr Schuth Johann, unser Vursitzender hot ksogt, mir selle e Satire schreip. Un tu waaßt, von Viehzucht vrsteh ich nix. Nur tes konn ich net kapiern, wieso der Dokter Szabó dr Kschickst is als aafacher Städter, wal er schreipt tie peste Satiren.
Schod, taß tu net to pist. Mir wohne in en moderne Haus, tes haaßt pei Tog Hotel Agárd, ower pei dr Nocht nur -tel Agárd, wal tie erschte zwaa Buchstowe leichte net, es mr ten Strom spoarn. Monche von unsne Pekannte spoarn peim Esse aa, vleicht tarem, es tes Schief net soll entkeh. Es wär net kut neizufalle in den Velenceer See, wal tes Wasser is ziemlich treckich, to kewe tie Leit aa net kenung of tie Umwelt ocht. Ich hon ower khiert, taß tie Schiffoahrt auspleit, un noch hon ich unnetich en Pantoffelstopper in die Tesche gsteckt, es ich leichter sein soll... Woahrscheinlich hot ter Dokter Metzler aa solche geheime Ketange, wal er eßt net. Ower well er schlanker wer, wal unser Flock Stefi-Vetter hot ksogt zu n, er schätzt n fir so 35-40 Joahr alt. Wenn r a jung

ausschaat, seine Kenntnisse noch is r wie n alder Weise, krot so wie dr Professr Mádl aa. Mich gfreits immer, wenn ich tie Gelegeheit hon, solchne kscheide Leit zuzuhuerge. Natirlich soge s net immer sowos, wos unseranem gfällt, ower tarem sein mr to, es mr zukinftlich pesser oarwede, also pesser schreiwe selle, wal mir hon e kroßi Verantwuetung, Seppi! Ocht kewe misse mr schon teshalb aa, wal außer tr Koch Vali is e anri Journalistin von dr „Neiste Nochrichte" aa noch to, wos Koch haaßt, un es Sprichwuart secht, ville Köchinne versalze tie Soppe.
Wos tie Woahle betrefft – mir wähle so e Fraa zu Opgeudneti, wos uns Nationalitäde vetrede wirt im Landeshaus. Es is wohl e Krowotin, ower sie is von teitsche Opstamm un konn hoat kut ungrisch – also sie hot ville Tugende, wos e Opkeudneti prauch. Un schließlich is jo unser Generalsekretär aa dr Vetreder fir tie Serwe in Sankt Andrä, un wie ich khiert hon, sein s kanz zufriede mitenant.
Ich schreip net mehr, wal ich muß jetz hamfoahr, pei uns wirt Blut kspendet, un to hon ich mich aa vepflicht fir tie krange Leit, wos trauf ogewiese sein, unseram konns aa noch in Koarte wochse. Plei gsond, Seppi, schene Kruß on teine Famili von tein Freint.

(Neue Zeitung, 31. Mai 1980)

Liewr Freint Seppi!

Tu armer Teiwl host sicher schon getenkt: Na, Wastl, entweder waaßt nix mehr, ower pist schon gsturwe. Zun Klick is net tes tr Fall, bloß mei Kreiz tut mr weh. Wos tes mit n Schreiwe zu tun hot? Ter gottselig Brachfeld Siegfried hot immer gsogt: tie Themen un tie Points len of tr Stroß, mir muß s nur aufheb. Tes is so, ower heb s mol auf, wennst tich net becke konnst. So hon ich halt misse woat, pis s so hoch remlen, es s handgreiflich sein. Jetz is es so weit, un jetz muß ich schreip, sonst komme mr tie Sache schon pis zun Hals, noch vrsteck ich om End noch, wenn mich net vurher tie Fliege fresse, wal heir sein kriminalisch vill. E teitschi Besucherin hot gsogt, mir selle froh sei, mir hon wenigstinks a noch Schmolme, net so wie sie. Tie Schmolme hon ich a gern, ower unse Wissenschaftler sellte solche Fliege auszicht, wos net in die Wohnung komme. Wenn tes ower net keht, noch sellt mr Fliegepicker kriech. Tie klane rote woarn kut, woahrscheinlich tarem mache s tie nimmi. Un jetz owetrauf noch tie kroß Niederlog im Fußboll! Zun Verzweifle! Noch kut, taß tie Fechsung net schlecht is, sonst wißt ich net, wos tät wer...

Te Sommer woarn mr wieder in Zwickau. Alles woar kut, nur es Weder net, immer hots gereget. Un noch etwos, Seppi! Vur taused Joahr hon die Leit so gebet: „Behüt uns Gott vor den Pfeilen der Magyaren!“ Heintzutog mußt nur noch Angst ho, wenn s dr im Ausland soetwos zun Esse gewe, wos ongeblich „echt ungarisch“ zubereit is, wal tes konn mr kaums esse. Solches gibts ower pei jedre Weiterbildung nur amol, grodso wie es Hamfoahrn a nur amol, Gott sei Dank! Na, net es t maanst, tr Mensch kemmt net gern ham, ower tie Foahrt is so schwierig, es am die Lust vrgeht. To gibts Leit, wos fir an Waggon surge misse, un die maane, tr Zug is ihr Eigentum. Tesmol hade mr en Mann aus Bulgarien, ower mit en storke kapitalistische Eischlog un mit diktatorischer Natur. Ter hot pei jedre Flosche Bier sein eigene

Bedarf a gleich mitgerechlt un sein Nutze in Geheime a in natura getronge, so es r etwos alkoholisch beeinflußt woar. Wenn ich betenk, taß mr von Pest kege Fenfkirche a noch kleich mit Strofzohle weitergemocht hon, noch tut mrsch nur laad em tie Famili Metzler. Ja, Seppi, noch fenf Joahr sein tie Leit ham of Leipzig, un ich maan, tene hon mr in jedre Hinsicht vill zu vertange, tie kanze Schwowe in Ungarn. Mir persehnlich sein s zu jedre Zeit herzlich willkomme, ower drham is halt drham! Mei Kusine schreibt uns grod, sie komme aa wieder mol ham, un die sein schon 36 Joahr fuet... Sie kenne noch kut ungrisch un foahrn in kanze Lant rem. Nur oftes muß ich s ermohn, es s net von dr Lantstroß ropfoahrn, sonst gehts n so wie mir: ich hon gemaant, mir sen om Weltend, un drweil woarn mr bloß in dr Schomodei. To hon die Leit un die Kellerlöcher peim hellichtige Tog om mette Weg remgelege. Ower mei Fraa hot ne bedeitscht, es mr net fir alles nur den Gemeinderat verantwurtlich mache soll, terzeit es tie Hawe un die Stechschauwl aufgfonne is. Trotz allne Schwierigkeide hon mr dem Daniel Berzsenyi mit m Besuch ghuldigt. In Balatonszárszó woarn mr a im Museum von Attila József, net so wie tie Fraa, wos uns t Weg gezeigt hot. Tie hot in Italien gseche, es mr tuert tie Abfäll a so in Nylonsäck sammelt, wie in Szárszó, ower in ten Museum woar s noch net...

(Neue Zeitung, 20. September 1980)

Liewr Freint Seppi!

Mit viel Vursicht un Aufmerksamkeit sein ich klicklich hamkomme, langsam un sicher. Of n Weg hon ich wieder festgstellt, taß unser Heimat net nur pein Tog, sondern pei dr Nocht aa sche is. To is tr Mensch nochet zu dr Natur, un mir sieht tie heintzutog so oft erwehnt Umwelt in ihre Natirlichkeit. Wos hie un to vrturwe is, tes hon mir selwer vrschult. Wos zu mache wär? Unlängst hon ich irgendwu gelese, taß tie Sache tuet richtig gehn, wu e jeder Schneider, Schmied usw. iwerzeigt is, es en Stoot sei Schicksal un sei Zukunft von seinre persenliche Oarwet ophängt. Handwerker sein mr wohl net alli, ower „Un so weider"-Leit sein mr all, net woahr? To gibts Gelegeheide genung zun Austowe – ohne Bremse...
In Ödenburg hot mirsch natirlich a gfalle. Wenn mr nur e peßji jinger wär! Mir is so kanz ungfähr tie sell Betfraa eigfalle (friher woarn solche of n Lant). Wie ihrn Mann gfrägt hot, wos Neies is, noch hot s gsogt: „Tie Zeit vrgeht, es El vrprennt, un dr Hans stirbt noch immer net!"
So kanz aufrichtig unner uns ksocht: fir e poar Joahr hon ich a noch getenkt, mir Schwowe sein dr Hans un es is schod firn El. Ower wenn mr sich etwos moderner well austreck: fir n Benzin, iwerhaupt pei d heintige Preise... Ower jietz hon ich wieder mit großer Freit konstatiert, es tr Hans net nur lebt, sondern erscht 25 Joahr alt is, sche senge un tichtig tanze konn. Ter Austruck „alt" is net om peste ogeprocht, to hatt ich unlängst a en Ostoß ghot. In dr Schul hon mr es sich Eizeige geibt, un e Mädje hot a gemaant: „Alt sein ich?" Wie ich gsocht hon, taß tes nur so en Austruck is, noch hot s sich beruhigt.
Ja, es Senge un es Tanze geht sche, tie Musich a wieder of e monche Plätz. Grod hon ich in unsre

„Dunántúli Napló“ gelese, es e Delegatio vom österreichische Ministerium fir Kultur un Bildungswese to woar, un sie hon iwer Austauschmeglichkeide vrhandelt. Jietz kenne mr uns schon hin un seche losse, ower mit tr Sproch stehn mr, maan ich, noch e peßji schwach, wu tes ower es Wichtigst wär. Wenn mr viel lese un schreiwe, noch wirds schon pesser wer. Tarem schreib ich Dir un Deiner Famili, Dein Freint

(Neue Zeitung, 15. November 1980)

Liewr Freint Seppi!

Wenn ich net alleritt un kleich wieder tät von Dir hir un les, hätt ich schon lang gschriewe. Ower to unlängst hon ich sogar im Fernseh of „Unserm Bildschirm“ selwer gseche, taß t gsond un wohlauf bist, un so woar ich beruhigt. Jietz is ower soetwos inzwesche komme, wos ich unbedingt schreiwe muß.
Konnst Dich erinnern, es ich bei unsern letzte Treffe gsogt hon, in Mohatsch beim „Reicht brüderlich die Hand!“-Wettbewerb woarn die Jugendliche nur in d Musikkapelle un beim Senge vertrete, sonst woarn s kaum zun seche. Ower jietz nehm ich mei Wuet feierlich zureck. Du waaßt schon, taß tes en Grond hon muß. Hat huerch mol her, mein liewr Freint Seppi, un hop Dich gut o: tie vergange Woche woar ich in Lantschuk. Tes Tuerf is kleich newet Mohatsch un woar pisher nur von tem berihmt, taß es Besitzer vom schenste ungrische Urtschaftsnome is: Lánycsók. Bisher, hon ich gsogt. Wal jietz hon s to en Festival organisiert un mit großem Erfolg obghal-

le. To woar außer Musich un Tanz a Gsang un Spiel, Erzählunge, sowie Gedichte von Goethe bis zu unsre ungarndeutschi Literatur vrtrete, un bei vollem Haus. Alles woar wunderboar, ower ich maan, der greßt Wert is tie Totsach, taß lauder Jugendliche Teilnehmer woarn – iwer Treihunnert, Seppi! Also: Buwe – Kappe rop! Alle Ehr dene Kenn, ihrne Eltern un Lehrer, un wos uns Erwochsene un mich persönlich iwerhaupt gfreit hot: viele Kenn hon ihre Sprich un Erzählunge direkt von dr Großmotter gelernt! Sickst, Seppi, to is tie Goldgruwe! Un wos maanst, wos noch woar? E Ausstellung von unsre frihrige Kleider, Handoarwede, usw., un als Motto on dr Wand: Dei eigene Wirter, Seppi, iwer Selbstbewußtsein un Ehr der Ahnen! So unner uns gsogt: woahrscheinlich wirscht tes alles noch hirn un lese kenne, vleicht sege aa noch...

Von ten „unner uns gsogt“ fällt mr ei: waaßt aa, wos tr Heilig Votter ongeblich sein Landsmann soll zugfisplt ho, wie r ihn umoarmt hot? Tem Sinn tes alden lateinischen Sprichwuarts „Ora et labora!“ entsprechend soll r seine Landsleit mittaal, sie selle zukinftig net nur ihr tägliches Gebet verricht, sondern aa die täglich Oarwet, wal tes ghiert a drzu, solang net etwos Leichteres erfonne is, un hat wer net oarwet, ter soll a net eß. Der Besucher hot in seiner heimatliche Mundoart gsogt: „Kann i a mol probier, wal essa will i a...!“

Also soviel heint iwer Kultur un Weltpolitik, Seppi. Un jietz mache mrsch so wie die Palkaner, un losse mrsch regern, es mr unser Frihjoarschoarwede wieder mache kenne. Leb wohl!

(Neue Zeitung, 21. Februar 1981)

Liewr Freint Seppi!

Net nur tich hon s kfrägt, warem ich net schreib, sondern mich a. Ti Sach is net so aafach: bloß nur tarem schreiwe, es mr soge kon, mir hot kschriewe – tes hot kan Sinn. Ower es wär schon allerhand zun Schreiwe, wos a lesenswert wär, tes is sicher.
Tu host recht, ich woar wirklich hie un her im Land mit meiner Fraa. In Dunabogdány woarn mr als Gäst bei aner Kollegin, tie mr noch nie gseche hon, hoffentlich ower noch seche wern. Gstohle hon mr nix. Im Sprochpflegeloger, wu ich gleich mit gute Bekannte zomkomme sein, hon mich junge Schiller gfrägt, wie mirsch kange hot in meiner Jugend, wal sie hon natirlich kleich gsege, es tes schon lang woar. Ich hon gsogt: besser als mein Voter un meine Großväter, un net so gut wie ihne. Ich maan, mit ten pist tu aa eiverstanne, net?
Jietz sein ich trham, woart alle Tog of Rege un studier drbei tie Kschicht unsrer Vurgänger. Net tes ungrisch Buch, wos von uns Schwowe to unlängst erschiene is, wal tes hon ich noch net, ower kaafs bal. Tie Landpost Zeidung les ich aus te 20er un 30er Joahrn, ower tes is kanz interessant. Wos tomols weniger Autounfälle woarn, tes hon s mit Muerd un Selbstmuerd beigeprocht. Ich sog net, sie hatte ower aa ihre Suerge drzu... Net so wie wenn mir kani hätte, ower tie sein halt toch kanz anerscht. Waaßt, Seppi, e jeder well heintzutogs extra Geld fir solchi Oarwet, wos sowieso sei Pflicht is. Mir kenne ower toch net auswannern un welle ower a net, wal annernuet is es noch schlechter. To hon ich grod en Brief gelese von an schwäbische Auswanrer vom 1929er Joahr. Ter hot tomols schon gschriewe, es in Lantschuk schener is, wie in Canada, un ich klaabs n aa, trotzdem es ich bisher nur in Lantschuk woar. Woahrscheinlich steht

tes mit unsern ganze Voterland so, wal in August komme die Ausgsiedelte von Kemend a ham un losse to Glocke eiweih, wos sie gstift hon. Ja, fir tie Schwoweleit läuts zwamol, wenn s sterwe: amol in Teitschlant un amol to drham. Bei monche is unser Heimat so stork lockend wie tie Loreley om Rhein, es s hamkomme sterwe, wie to unlängst tie uklicklich Famili...
Loß trsch gut geh, Seppi, un schreib viel, in tein neie Zustand, in tr Pensio, host Zeit kenung tezu. Tein Freint

(Neue Zeitung, 1. August 1981)

Liewr Freint Seppi!

Tu frägst, es ich vleicht schon gsturwe sen, wal ich net schreip. Pisher noch net, pesser gsocht woar tes nur so en Scheintod, ich hatt aafach ka Zeit zum Schreiwe. Ower jietz tu ich jeden Tog Fenster un Tiern ostreiche, un solang tie trekle, hon ich immer Zeit. Warem ich tie Oarwet net von Ostreicher mache loß? Tes hot mehreri Gründe. Anerseits sen ich als Lehre jietz sowieso auf Urlaub, to hon ich Zeit trzu, zwattens kon ich iwer en Trekle immer tie Oarwet mache, wos ich mache muß, wal ich tuet net auf Urlaub sen, un trettens is mei Geld immer etwos zu wenig fir tie Famili. Ich hätt halt kan Mann sein wern selle, sellt noch net so alt sei un net Lehre, sondern Maschineschreiwerin. Tes verstehst wieder net, wos? Ich schreip tersch ohne weiteres, wal ich kaa Gheimnisse hon fir tir, ower wennst stehst, noch setz tich erscht, tevir ests weiterlese tust.

Also: mei jetzigi Oarwet, tes Oastreiche ermeglicht mr, taß ich vill ten Radio hurch. Sechtr to neilich, es so e Sekretärin owes soetwos, also e Weibspild in an Monet 130 000 Forint verdient! Seppi, tes is pall nochemol sovill, wie ich auf aan Joahr als Rente ower Pensio zu erwoarte hon noch vierzig Joahr Dienstzeit un noch tene Iwerstonde, wege tene ich ka Zeit hon, tir zu schreiwe! Ich konn mr tie Gschicht nur so virstelle, taß tie Fraa gfährlich gscheidt sein muß un tarem irgendwosfir Gfährlichkeitspótlék kriegt, entweder észveszélyességi ower AIDS-veszélyességi pótlék, annerscht konns net sein. Wies genau haaßt, waaß ich net, ower es tes schon wege tere geplante neie Steierverurdnung so hoch is, tes konn ich tr leider net schreiwe, tu waaßt, ich konn net kut ungrisch... So kut of kan Fall, wie ter jung Mann aus ter DDR, en gewisse Pfeiffer Stefan, wenn ich kut verstanne hon, ter wos in nächste Joahr of e poar Woche emesonst als Gost talnehme terf to in unsern Voterland on aner Weiderpildung fir Ausländer, tie Ungrisch lerne welle un regelmäßig trfir kude Forint ower – wenn se Protektio hon – mit ihrn eigene Geld zohle misse. Ich mecht mich gern bekannt mache mit ten junge DDR-Bürger, wal ich tät a fräg noch seiner Methode: Es sei Eltern ower schon sei Großeltern direkt tarem ins Ausland kange sein, es er tuert pesser Ungrisch lerne konn, ower es se en annern Grond hatte. Tr Erfolg is handgreiflich, also muß er e kudi Methode ho, un tie mecht ich iwernehme. Is woahr, sei Famili is hechstings seit 30-40 Joahr in Ausland, un unser Ahne hon ihrn „Ausflug“ vir 200-300 Joahrn gemocht, to is goarnet zun staune, wenn unser Kenn nimmi teitsch rede. Tarem mecht ich so en Kurs organisiern loß, wu unser Nochkomme tie teitsch Sproch lerne kennte, ich waaß bloß net, wie ich tes Geld zomspoarn kennt, pis mei Enkel pei-

komme. Wenn ichs ihne ower selwer peiprenge kennt, es se emol emesonst talnehme kennte wege ihrne kude Teitschkenntnisse, tes wär scho net schlecht... Ower mache misse mr tes pall, wal to drham gehts net om peste mit tr Sproch.
Mir fällt wieder te Radio ei, ower so kanz weit un e peßji wie aus en Newel: „Die Lage ist kritisch, aber nicht hoffnungslos!“ Wal zun Beispiel unsern Sengchur hot krot heint nochmittog en Auftritt in Lantschuk, un to wern a kanz klane Kenn vom Kennergoarte un von dr Grondschul mitsenge un spiele, nur ich waaß net, taß se a alles vrstehn, wos se senge un spiele, wal tie Aussproch is e peßji fremdoartig, sie hot e weng en russische Eischlog, wenn se senge: „Ich geh mit meiner Laterne, und meine Laterne mit MIR“. Tes is ower schon en schene Erfolg, to drham un emesonst erreicht un fir uns alli gut, fir tir un fir mir, un fir jeden auf ter Welt, un unser Jugendliche sellte des Wuert „MIR“, also FRIEDE in so viele Sproche kenn, wie mir tomols frieher tes „Ich liebe dich!“ gekennt hon, wal tes is es schenst Wuert in de russisch Sproch, wie in Ungarn ongeblich Lánycsók tr schenst Uertsnome is, net woar? Ower erinnerst tich nimmi of en „Mädchenkuß“, Alder? Geb ocht, wal so fängt sich es Altern o, wenn mr sich of sowas nimmi erinnern konn...
Jietz heir ich auf un geh wieder emol on mei Ostreiches, sonst wer ich net fertig, wal mir schae turch ville Fenster in die Welt. Schreib a pall wieder emol tein Freint

(Neue Zeitung, 5. September 1987)

Liewr Freint Seppi!

Wieder is e Joahr zu End un es anner is to, genau so, wie tes in der Ewigkeit virgschriewe is. Wenn mr so e peßje Bilanz mecht, noch konn mr feststelle, taß es goarnet so iwermäßig schlecht woar: Mir sein net verhungert un hon a zu Trenge, trotz Donnerwetter un Hagelschlog. Kurz vur Joahrend is uns tr Friede a wieder besser befestigt wuern in Washington, un mir hon tie schenste Aussichte fir es nächst Joahr in Moskau. Natirlich misse mir selwer a unser möglichstes tu drzu, wal der groß teitsch Dichterfürst, Johann Wolfgang von Goethe hot schon anno dazumal gschriewe: „Gott gibt die Nüsse, aber er beißt sie nicht auf." Teitsch gsogt: Mir kriege die Möglichkeide, ower ausnutze misse se mir selwer. Na, ich teng, soviel wern mr a mache könne, wal sauge (mir soge „titze") konn mein klane Enkel a schon, wenn mr ihn etwos gibt, un kreische konn er a, es mr ihn etwos gebe soll. Ja, Seppi, mein zwater Enkel is to, wos mir unsern Sprochfihrer-Freint Dokter János Szabó schon vir zwaa ower trei Joahr geprophezeit hot. To konnst seche, es ter Mann e peßje in die Zukunft sickt un in viele Sache Bescheid waaß, tarem hoff ich, taß sein Optimismus in unsre Ogelegeheit a begründet is. „Ja, wenn nur tes groß Wasser net wär", hot tie Witzls Wos gsogt, wie se hot wellt of Amerika geh. Unsern Atlantische Ozean is immer noch tie Sproch, ower vleicht iwersteht unser Schiff tie Meeresstirm. Unsere Rechtschreibung verbessert sich von an Brief bis zun annern, wal soviel waaß ich jietz schon, es mr tie Hauptwirter groß schreiwe muß, un tes waaß ich aa, es Ministerpräsident e Hauptwurt is. Unsern Kalender helft a mit zu der Verbesserung meiner Sprochkenntnisse, wal ten les ich un hon a wieder viele verkaaft, ich hatt nedemol genung ghot.

Tie Leit lobe unser Joahrbuch wie immer, nur schod, taß unser Turf net dren is, ower to sein mir selwer schuld. In nächste Joahr wern mr schon trochte, es mr a e Zeiche gewe von uns...
In der „Signale“ hon ich nix gelese von Dir, ower in unsre Zeidung umso mehr iwer eire Maanungsverschiedenheit. Ich hon tie ursprüngliche Äußerunge a verschafft un gelese, un ich sein der Maanung, e Rundtischgespräch tät net schod, noch tät mr sich schener versteh mitenand, iwerhaupt, wenn mr ten annern mit en Taafnome oredt...
Seit mein letzte Brief hon mr tes erwähnt Bichergschenk a kriegt, un tie schene un gute Bicher wern a mithelfe, es ich Dir besser un in schenern Stil schreiwe konn, wal net nur mei Schiller kenne lerne daraus, sondern ich a... In tere Hoffnung beend ich mein Brief un winsch Dir un allne Ogehierige e glickliches Neijoahr. Ich sein froh, es mir zwaa schon lang „per tu“ sein mitenand, ower jietz tät ich trotzdem gern wieder emol trenk mit Dir. Dein Freint

(Neue Zeitung, 9. Januar 1988)

Liewr Freint Seppi!

Dein Brief hon ich mit großer Freit gelese un sein mit allem eiverstanne, wos tei Surge em unsre Mottersproch obelangt. Inzwesche hon ich von dein „Auftritt“, also von deiner Lesung in Kultur- un Informationszentrum in Budapest a e peßje erfoahrn, trotzdem taß ich net turt woar. Net tarem, wal ich stots dir unbedingt ten Professor Brinkmann un sei Klinik hon seche welle, sondern mei Oarwet

hots net zugelosse. Außerdem woar ich trei Tog vurher in Pest, un mehr konn mr sich pei der heintige strenge Oarwetszeit un Disziplin net erlauwe. Hauptsach, es alles gut gelunge is, wie ich ghiert hon.
Of unsre Zomkunft, wu mr iwer unsre Mottersproch von gester, heint un murge geredt hon, do sein a die Möglichkeide in die Red komme, wos uns zun Weiderlewe (als Schwowe in Ungarn) zur Verfigung stehn. Kurz un veraafacht zomgfaßt könnt mr soge: Wenig Geld un viele Hindernisse. Mir sellte halt so ähnlich sei, wie der sell Gaul: Wenn er die Hindernisse vir sich gseche hot, noch is er schon gerennt. Gfährlich is tie Sach nur noch wurn, wie er ten Eisebohschranke aa als Hürde betrocht hot...
Von Aufgewe is natirlich ka Red, tes kommt goar net in Frog, un tes well ich mit Beispiele beweis.
To in unsre Gegend woarn unlängst mehreri schene Erfolge: Die Nadascher hatte en Auftritt mit en ganz komplette Programm, obwohl ausgsproche tie Sproch e peßje wenig Ontal hatt. Noch woar ich mit aanige Freint pei en Nationalitäte-Festival in der Dreisprochestodt Mohatsch, wu newet tene Krowotekenn unser Schwowekenn a sche mitgemocht hon in Vers un Prosa un Senge un Tanze un Spiele un Musichplose un, un, un... un schee woarsch, Seppi! Unser Zeidung hot a bericht triwer, wal tie woar natirlich a drbei, un tie kriegst vleicht ender wie mein Brief.
Von den „schee woarsch“ fällt mr ei, taß ich unlängst a pei aner Beerdigung woar. No ja, Freint, to gibt's nix zun Emschneide: Es Sterwe ghiert a zun Lewe... Na, kurz un gut: Ter Mann woar so ziemlich vierzig Joahr in Ausland un is sozusoge hamkomme sterwe. Ower ich maan es hot sich ausgetroge hamzukomme, wal er hatt noch viel Fraat to drham, un schener teitsch wär er in Teitschland a net beerdigt wuern,

wie to in Nimmersch. Ich wär froh gewest, wenn der Herr Reismüller von der Frankfurter Allgemeine Zeitung hätt on tere Beerdigung talnehme könne, wal er hot in vergangene Joahr mit Recht beostandet, es unsre Schwowe nedemol mehr in Tod Teitsche sein welle, wie tes tie Grobinschrifte beweise... Wenn ich mol so begrowe wer, Seppi, noch well ich jietz im voraus schon zufriede sei. In tere Hoffnung noch lang lewe is mr ower viel liewer, natirlich.
Noch e Beispiel muß ich erwähn. In tene „Fünfkirchner Abende" hon schon alle Gemeinde von dr Umgebung talgenumme, un jietz om 4. März hot tie Jugend en selbständige Owet, mit eigener Organisierung, Propagierung un Durchfihrung, also ganz komplett von A bis Z gemocht. Tes is schon etwos, net woahr? Tes konn mr a als Zukunft betrochte, Seppi, wenn mr optimistisch sein well. Tes misse mr pei tene Woahle auf unsern kommende Kongreß in Betrocht nehm, es mir die junge Leit, wos alli voll Ambitione sen, on die Deichsel von unsern Woage brenge, damit se es Ziege lerne. Dein Freint

(Neue Zeitung, 19. März 1988)

Liewr Freint Seppi!

Ich woart un woart of dein Brief un tu schreibst net, ower jietz konn ich nimmi länger aushalle vir lauter Neigier. Bist krank ower bist auf Urlaub un host mei Adress drhamgelosse?
Tes letzter tät mr besser gfall, wal zu ten is tie Wittrung gut. In letzter Zeit soge tie Meteorologe jeden Tog schenes Wettr, wie wenn die ganz Welt nur aus

Sommerfrischler tät besteh. Wenn sichs e peßje triebt, noch rede se schon von goarschtige Wettr, wu ower mir als Bauer ter Rege pesser tät pass un hauptsächlich nützlicher wär, wal gieße soll mr a net wegen Wasserspoarn, un iwrigens Bronnewasser is a ka Regewasser.

Ich hon schon so in mir getenkt, mir hatte bisher vleicht tarem kan Rege, wal unsern Herr Pfoarr krank in Spitol gelege hot, ower to neilich hon se in Fernseher gsocht, in Amerika is ongeblich so e Treckening, wie seit 1930 net woar. Wär gut, wenn unsern Ministerpräsident fir gut Geld dene Rege mitnehme könnt, wenn er sowieso hiefliegt durch tie Wolke. Tesmol fliegt er mit en Sonderflugzeug, noch wär tes pesser ausgenutzt, täte tie Foahrspese kleich peikomm, wal waaßt: Es Geld preiche mr notwendig, un net ewig konn mr zwaa Stell bekleide, un mit anre Zoahlung pei tene heintige Preise wenn mr Famili hot... Heintzutog mit tere neie Modi, mit tere Glasnostj un mit tere Perestroika prauch mr jeden Heller! Wos tes is, frägst? Mich hot mr a schon gfrägt un ich wär immer irr drbei, tarem hon ichs fir mein eigene Gebrauch verdeitscht un a gleich magyarisiert of amol: Deitsch bedeits soviel wie „großi Änderung“ un ungarisch haaßts „gröszi változás“, un so hot mr noch schon e Ohnung, wos es sein soll.

Wos tie Änderung obelangt, to könnt mr noch so monches besser organisiern, wal tes geht net so, wie s mit tere Troika gehn sellt un mißt, sondern so wie mit en Anspänner ower mit en Schubkoarn. Wos ich trmit maan? Hat zum Beispiel, wenn ich in Gschäft Mellich un Bier kaafe well, noch muß ich zwaamol geh, solang ich net in Pensio sein un Zeit hon zu tuert woarte, wal of amol gehts net so leicht. Ter Mensch muß sich entscheid, es er Mellich ower Alkohol trenke well. Mellich kriegt mr noch ochti-

halb neini es meistmol kani mehr, also muß mr frieher geh, un Bier konn mr vir neini kaans kaafe, wenn mr a versprecht, es mrsch erscht om Owet trenke wirt, wal mr unnertogs Auto foahrn muß.
Ower net nur zun Bier konn mr schwer drzukomme, sondern of monche Plätz zu dr Kultur aa, wal zun Beispiel die anzig fremdsprochig Buchhandlung in Fenfkirche mecht erscht em 10 Uhr auf. O pardon, tes muß ich zurecknehm, wal jietz is mr wos eigfalle: Die gehn woahrscheinlich noch ter Greenwicher Zeit, wal sie verkaafe englische Picher aa... Frih ower spät, allesans, ower höflichern Verkäuferinne könnt ich mr virstelle, wie se of monche Plätz sein!
Zun Glick gibts ower hilfsbereite Leit aa of ter Welt, Seppi, to drham un in Ausland, tene wos unser Schicksal un tie Zukunft unsrer Mottersproch om Herze leht. Ich korrespondier mit anre Fraa, wos fir unsne zwaa Schule un zwaa Kindergärte schon fenf Kassettenrecorder un viele Bicher un sonstige Sache gscheckt hot. Ich maan, tes is en neie Rekord un waaß goar net, wie ich ihre danke soll, wal gseche hon mr uns noch nedemol. Sie schreibt, tie Kenn selle nur fleißig un gut lern, noch hot se ihrn Dank. Jietz misse mr unsrerseits aa unser Möglichstes tu...
Es fällt mr ei, ich muß jietz tere Fraa schreib, tarem beend ich dein Brief mit viele Grieße, Dein

(Neue Zeitung, 30. Juli 1988)

Liewr Freint Seppi!

Zwesche zwaa Stihl – tie Volkszählung un tie Woahle – sen ich als Rentner un als ungarischer Schwob jietz grod enichn Tisch, so hon ich getenkt, ich schreib tr halt wieder emol. Holz schneide konn ich heint net, wal es reget, zun Weigoarte schneide is mrsch net roatsam, so bericht ich tr iwer tie Geschehnisse in unsrer Gegent. Om liebste tät ich to in dr Stuwe newet en Fenster setz un tät tene Maase zuschah, wie se sich tie Sonneblumekirner aus tr Schochtel hole un so gschickt aushöhle. Ower tie Sonneblume sein so teier, es mich tie Maase ganz bankrott fresse täte, iwerhaupt pei Schnee. In tere Hinsicht is gut, tas es net schneet. So trocht ich jietz, es se sich on ten Speck trogewöhne, mit ten komm ich pilliger raus, wal Speck hon mr noch von selre Zeit her, wie es Schlochte to of en Land – ich möcht scho pall schreip „hierzulande“ – noch kan Luxus woar.

Iwrigens muß ich tr mittal, es ich zukinftig vleicht Alkoholiker wer. Mir preiche täglich 3-4 Liter Mellich, wos mr net hon un also kaafe misse, un von Wei, wos mr hon un also net kaafe mißte, preichte mr lang net so vill. Ich spoar ower, wu ich nur konn, wal ich kaaf meistens om Wocheend ei, wenn alles noch vill pilliger is, wie om Wocheofang. Tes konn a noch gut komme, taß mr es Gschäft to in dr Nochperschaft hon, wal wenn dr Radio eisägt, wos pis Montag teirer wirt, noch spreng ich gschwind niewer un kaafs, tefir tie Gschäftsfraa tie Nochrichte ghiert hot. Tu konnst tich jo noch erinnern, wie es Sach von drham pis zun Gschäft a noch teirer is wuern. No jo, ower tomols hade mrsch noch leicht, to hots ka oarme Leit gewe, to woarn mr noch alli Multimillionär un jung. Multimillionär könne mr ohne weideres wieder wern, ower mit ten jung wern sein tie Aussichte schon nimmi so schee, to schaats schon e peßje klebriger aus. Wenn se net pall irgendwosfir Wundermedikament erfenne, noch is aus mit en Moat. Na, mecht nix! Hauptsach, mir hon gsogt, wos mr sein, un sein a tes, wos mr gsogt hon. Ower wenn tes mit tere Volkszählung so wär, wie mit tere Rundfrog fir e poar Joahr im Fernseher, noch wärn vill mehr Schwowe in Ungarn, wal wanns haaße tät, mir soll es Elektrisch oschraub, noch täte ville gschwind es Biegeleise neisteck...

Wos sägst zu dr Woahle, Seppi? Mich erinnert tie ganz Gschicht vurleifig on tie frierich Zeit, wenn als es Holzmache un es Grosmähe is verlizetiert wuern: Wer mehr versproche hot, ter hot es Recht ghot. Nur tes is schod, es mr net so gscheid sein, wie ter tomolig Gemeindevurstand, wos mit en Klaarichter hot austrummle losse: „Pis Sonndog nochmittag nach ter Betstonn wird in Gemeindewald es Holzhacke verlizetiert. Wenns ower Sonndog nochmittag reget, noch fendt tie Lizitatio om Samstag trvir statt." Ja, wenn mr wißt... Un drbei woar der Gemeinderichter vleicht nedemol dr gscheidst in Turf, ploß hatt ter pei dr Richterwoahl e Faß Wei mehr, wie sein Gegekandidat.

Na, Seppi, leb wohl, heint hon ich of mein Papier noch grod sovill Platz, es ich Tei Famili a loß griß,
Tein

(Neue Zeitung, 3. März 1990)

Liewr Freint Seppi!

Ich waaß, es mr pei en Brief es Datum a schreiwe muß, ower jietz kenn ich mich aafach nimmi aus mit tr Zeit. Pisher hon ich gewißt: Wenn in Gschäft alles teirer is, wie en Tog trvir, noch is Montag. Ower drzeit tie ungrisch Post a nimmi so pinktlich is wie friher un om Wocheend tie nei Preisliste net aushändigt, derezeit waaß ich nienet, wie mr stehn rnit de Täg. Leicht meglich, es tie Postler mit tene Kaufleit in aanre Gewerkschaft sen un tie ganz Gschicht aus Solidarität un mit Oabsicht mache: Aanstals hon so tie Kaufmänner a en freie Sonntag un kenne tie Preise in tr Oarwetszeit emschreiwe, annerseits kenne tie Briefträger noch e poar Täg lang pilliger eikawe...
Iwerhaupt, so goare wichtig is es a net, es mr genau waaß, wann tie Woche rem is, wal pei uns is jo ka Kehrwoche. Wos tes is, frägst? Tes is eigentlich e kudi Erfindung, wos ich in Baden-Württemberg 1965 es erschtmol ghiert hon. To muß jeder Bewohner a Woche lang em en Haus rem kehr. So drspoarn se sich tie Stroßekehrer un es is e peispielhofti Urdnung. Bloß an Nochtal hot tes System: So sein noch mehr Oarwetslose, un woahrscheinlich deswege wirts pei uns net eigfihrt. Gscheid is es ower, wal tie Leit kehrn mit große Eifer vir ihre eigene Tir un es is iweroall alles sauwer, net so wie pei uns.
Waaßt, Seppi, net nur mit tr Zeit sen ich monchsmol net in reine, sondern mit mir selwer a net. Sächt to neilich en Unger so aus Witz zu mein Freint, es gibt zwaerlaa Schwowe: gscheide un tumme. Wenn en Schwob tumm is, noch is er hoat tumm, ower wenn er gscheid is – noch is er in Teitschlant. Hat, konnst tr virstelle, es ich e peßji sauer gelacht hon, wal etwos Woahrheit is schon drbei, eps uns paßt ower net, un to fällt mr wieder tr Pastian Vetter ei un tie letzte

Woahle. Wieso tie Woahle, maanst? Hat in dr Batschka hots friher so ganz kurz un verständlich ghaaße: „Vor dr Wahl Paprikasch, nach dr Wahl leck mein...", genau so, wie dr Pastian Vetter a gsogt hot...
Wenn ich a nur so en tumme ungrische Schwob sen, Tu pist mein Zeige, Seppi, es ich monchsmol toch en gscheide Vurschlog hon. Vir e poar Joahr hon ich ten Vurschlog gemocht, mir sellt aus de Kaserne Wohnunge mach, un siechst, heint sen mr soweit, bloß e peßje gereinigt misse se wer. Wos tie Woahle obelangt, to tät ich a alles aafacher mach, so wie tomols in Fernseher mit tr elektrisch Volksabstimmung. Tes wär geheim un pillig un e jeder tät gleich es Resultat mit tr eigene Aage sech. Ep vleicht e peßje tät gschwindlt wer? To wird pei uns täglich mehr gschwindlt. Foahr ich to in dr letzt Zeit e poarmol mit en Bus un krieg ka anzigmol e Foahrkarte. Tie annern a net, ower tie sens schon gewehnt. Nur tes waaß ich net, wie tr Foahrer owets verrechle konn? Net mit sein Chef maan ich, sondern mit sein Gewisse. Wal es haaßt, tie solche Buslinie, wos net rentabel sen, wern obgstellt. Maanst, konn unsri so rentabel sein? Fir ten Foahrer schon, ower fir die Firma schwerlich ower goarnet.
Noch an Vurschlog hätt ich: Mir sellts so eitaal, es mr in Ungarn oarwede, in Teitschlant tie Zoahlung kriege un to drham drvo lewe kennt. Tes wär fir jeden kud: Pei uns tät tie Oarwet a gemocht wer, wal tie gibts sowieso zu tun, tie täte ihre Geld loswer un mir kennde pesser lewe.
Wirscht sege, es kemmt noch soweit, wal in aan Lant is schon es Beispiel: Pisher hon se Geld kriegt, wenn se ihre Schwowe fuertgelosse hon, jietz well mr net zoahl, wennse se trhambehalle. Na, verstehst mei Logik? Ich hätt noch vill zu schreiwe, ower noch tästs später krieg. Leb wohl, Seppi, tein Freint
(Neue Zeitung, 4. August 1990)

Liewr Freint Seppi!

Ich sein gezwonge zun Schreiwe, wall ich Tein Roat prauch. Es haaßt, wer tie Wahl hot, ter hot tie Qual, un ich hon jietz tie Wahl schon pis iwer tie Urwaschl. Jeden Muerget secht ter Radio ei, ich soll mein Silvester in Kairo, Athen, Rom ower in London verpreng, un wenn tes net kenung wär zun wähle, noch roate se mir als weiteri Meglichkeit noch, ich konn noch Andalusien ower of Thailand foahrn. Tes is jo zun verruckt wern, to waaßt aafach net, wost mache sollst. Tie Teitsche – ich maan halt unser Verwandte in Teitschlant, net to drham unse Landsleit – tie soage: „Das ist ja ganz toll!“, ower tes wisse se net, es uns tes Suerge mecht. Wenn ich schon nimmi waaß, wos ich mache soll, noch fällt mr zun Klick in letzte Moment immer ei, es ich ka Geld hon, un noch is es Problem of an Hieb gelest, noch sein ich wieder beruhigt, wall nix hon is e ruhiges Lewe, hot mein gottseliger Großvoter immer gsogt. Un iwrigens, trham is halt trham, un wenns gleich hennich en Owe is, besondersch wenn Winder is un ich setz immer liewer hennich en Owe. Tes hot ower a en Hocke, wal of mei Ozeig (herrisch Annonce) in der Neie Zeidung hot sich pisher noch kaner gemeldt mit en Otrag ower mit en Roat, wos ich mit mein Kohlestaab mache soll, un so hon ich ten ganze Staab immer noch zamt mit mein vurteilhofte Unternehmungsvurschlog zun kude Gschäft (Siehe „Annonce“ auf Seite 190).
Ich hon schon getenkt, ich sellt mich mit te Russe in Verbindung setz, tie hon doch Holz in Iwerfluß un trenge a gern ten Wei, to kennte mr e gegenseitig gutes Gschäft mache mitenand. Pein Liewern tät amol tr aa foahr, amol tr anner, noch wär tr Fuhrloh gleich ginstiger un rentabler fir jeden. Ongeblich sein

ihre Kohle a ganz gut, tes hot mein Voter oft verzählt, un ter hots sicher gewißt, ten hot es erschtmol grod in Lissitschansk in de Kohlegrube der Schlog getroffe. Dr Dokter hot ower festgstellt, er hot ka Hetz, also is er a net krank, es wirt woahrscheinlich von de ville Kohle un von wenig esse sein, un Geld hatte se a kans, ower Gwand hätte se gebreicht. Na ja, ich waaß wohl net genau, wu Andalusien un Thailand is, ower tuet woarsch sicher net, wal tes hätt mir mein Voter gsocht, kleich wie er noch en Krieg hamkomme is in anunfufziger Joahr.
Wenn ich schon mei Maul verresse hon, es ich Tein Roat prauch, noch muß ich halt endlich raus mit ter Foar: Wie könnt mr zu Geld komme?
Aanstals könnt mr vleicht in Wald gehn Holz mache, wie unser Alde so in dr Winderschzeit, ower ich hon die Zugehieringe net. Ka Stihlsäge hatt jo mein Voter a net, ower ich hon a ka Klumbe, bloß von de Fachkenntnisse hon ich e Oahnung.
Ich maan ower, es gibt noch annern Meglichkeide. Ich hon wieder e ganz kudi Idee (wie immer), un drbei is tie ganz Gschicht so aafach wie e Watsche, nur unser Politiker un annern Wirtschaftler hon vir lauter Streiterei noch goar net tro getenkt, es se tes ausprowiern sellte. To hebt tr aani ten Preis von sein ower annern ihrn Erzeignis, wos er pillig hot aufgekaaft, erfendt irgendwosfirn Grond drzu, un tie annern berufe sich to trauf, un tie Kettereaktion schraubt in kurzer Zeit alles in die Höh, alles wirt teirer. Wos wär, wenn aaner mol tät prowier, es tes vleicht remgedreht a tät funktionier? Es haaßt, es gibt nix Neies enich ter Sonn, un mir scheint, sowas woahr schon in der Weltgschicht, es alles is pilliger wuern, un nochträglich is en Aufschwung in die Wirtschaft komme. Mann, wär tes en Erfolg! Ter hätt vleicht sei Ausstroahlung pis auf Rußland ower

vleicht pis hie of Somalien a noch...
Vurher hon ich ten Streit in dr heimische Innenpolitik erwähnt, hätt ower annern Beispiele a schreiwe könne, un wie mr scheint, is tes e ostekkedi Kranket, wal ich hon in unsre Neie Zeidung groad gelese, es tie Rußlandteitsche a net aanich sen, wu un wie se weiderlewe welle. Es scheint so, es tie große Völkerwanderunge sich alle tauset-annerthalbtauset Joahr periodisch wiederhole, un umso moderner die Welt wird, desto grausamer wern drbei die Methoden, wie tes heintzutogs zu seche is.
To fällt mr ei, es ich noch als Gymnasiast so emol tie Landkoarte gschaat hon un gfantasiert, in wellen Land ich gern lewe möcht, wenns von mir tät opheng, ower ich maan, heintzutogs tät mr schon schwer e ruhiges Plätzje fenn. So sein mr halt wieder tuert, wu mr ogfangt hon, es Resultat is wieder: Trham is halt trham...
Ja, jietz muß ich mol noch mein Feier schaa, tarem mach ich Schluß. Leb wohl, Seppi, pleit alli gsond, un ich winsch Eich un allne Bekannde friedliche Krestfeiertäg un e glickliches Neijoahr. Tein

(Neue Zeitung, 12. Dezember 1992)

Liewr Freint Seppi!

Tu waaßts om peste, es ich noch nie kan kude Briefschreiwer woar, ower tesmol ist net tes tr Grond, warem ich so lang net geantwurt hon, sondern es Thema. Tei Vurschläge sein so wichtig, dringend un vom allgemeine Interesse, es ich nedemol waaß, in wellre Sproch ich antwurte soll. Unser Werktogs-

Teitsch is to schon e peßje iwerfuerdert, un tie junge Woahlbirger verstehns a net so richtig. Tie alde wieder maane kleich, mir welle en neie Volksbund grind, wenn mr von irgendwosfiraner Parteigrindung plane, un hat so weit kenne mr ower unser Selbständigkeit toch net aufgewe, es mr iwr solche Ogelegeheide in r Fremdsproch verhandle, net woahr?
Ich hatt ghofft, mir treffe uns in Pest persönlich, ower Tu bist net komme. To is festgstellt wurn, es sich tes Ungarnteitschtum in de letzte Joahrn in zwaa Gruppe, in die Gruppe „A“ un in die Gruppe „B“ zerspalle hot. Tes is in erschter Linie pei tr Jugend zu bedauern un en große Feh1er. Ich maan ower, tie meiste von uns zähle sich in die Gruppe „C“, aanstals wal mr to drbei immer des Wurt „Centrum“, also on die Mett denkt, wal von dene Extreme hon mr schon genung, von rechts un von links. Annerseits hon ich irgendwann emol gelernt, es tie Grondfestung pei $a^2+b^2=c^2$ om stärkste is. Unsre Großväter hon mit „Viribus unitis“ gekämpft un hon ten erschte Weltkrieg doch verlurn, un unsne Väter hots trotz ihre Verbundenheit a net pesser kange. Heintzutogs preicht mr tie Treieinigkeit A+B=C notwendiger denn je, zumindest in tere anzige Eigenschaft, es mr – weniger ower mehr – Teitsche sen. Tarem sog ich „weniger ower mehr“, wal so e dummes Klick hon noch tenne sturmwolle Zeite nimmi viele von uns wie an Landsmann, es se von ihrn Nome obgsege tausetprozentige Teitsche gepliewe sein, aufrichtig gsogt ich selwer a net, wal mei Urgroßmotter mütterlicherseits hatt en ungrische Nome, en echte, net en magyarisierte. Ob se nur ower iwerhaupt ungrisch gekennt hot, tes waaß ich net, ower mei Großmotter, also ihre Tochter, tie is mit 86 Joahr gsturwe ohne e anziges Wurt ungrisch zu kenne. Tes woar noch so e Welt, in dere woahr-

scheinlich noch solche Maße woarn zun Wasser un Wei trenke, wie heint in aane Nochbarstoot. Wenn mr hot die Zwaasprochigkeit eifihrn welle, es tie Stootssproch a soll unnerricht wer, noch hot tie Minderheit to drgege protestiert. Nur so spontan, auf eigeni Faust, wal ka Woahlrecht hots tomols noch net gewe, tes woar noch vir tr Bleyerisch Zeit...
Heint hon mr Woahlrecht. Sogar e Partei kenne mr krinde, wenn mr uns e poari zomstelle un welle, nur to is gleich en Hake: Wenn schon von Partei tie Red is, noch preiche rnir Schwowe gleich zwaa. Na, net wege dene Eitrittsgebühr, sondern wegen Streite. Un noch etwos is wichtig: Uns is nur so e Partei kut, wu mr sich net unnerschreiwe muß, wal „Ein Mann – ein Wort!“, ower ohne Unnerschrift, wal ihr wißt: Mir hatte amol unnerschriewe, un tes hot gereicht firs ganz Lewe... So hon mr noch halt a weiterhie ka Ohnung, wie wenige es mr noch sen, wal viele sicher nimmi. Om beste wärs eh vleicht noch, wenn mr die Entschädigung un tie Schwowebälle tät als Grondloge nehm: Aafach die Kuverte un die Eitrittskoarte zomzähle! Ower ich befircht, tie Schwowebälle hon in viele Fälle a nur noch in de Benennung etwos mit n Teitschtum zu tun...
Tja, Seppi, so is tes halt, heint is es Wetter trieb un regnerisch un tes beeiflußt a mei Getange. Ich waaß ower, es mr iwer tie Hälft von Winter triewer sen un wieder pall Friejoahr wirt, un noch schreiwe mr wieder mit mehr Lust un mit pessern Aussichte, ower wenigstings mit größren Vertraue auf tie pessern Aussichte, tes waaß ich, Tein Freint.
In Ratzpedr om Valentini-Tog

(Neue Zeitung, 26. Februar 1994)

Liewr Freint Seppi,

tesmol schreib ich tr auf en Floppy, aanstals es tie Redaktio leichter hon soll, annerseits wal ich jo mit Handschrift sowieso net schreiwe konn. Ich hon jo vurleifig kan Computer, ower ich hon schon an beotrogt, es mein Nochfolger emol moderner oarwede konn.

Waaßt, in der Schwäwische Türkei erscheint jedi Woche zwaamol so e Zeidung, tie „Bazar“, in tere mr alles kundgewe konn, wos mr kawe ower vrkawe well. To stehts gschriewe, taß tie Firma ower tie Gsellschaft L&R – aus en Englische e peßje frei iwersetzt „Elender Computer“ – ihre Geräte obiede tut. Ower mit tene oarwede is wirklich e Elend. Waaßt, tie Dinger kenne viele Sproche, ower of amol immer nur aani, un tes is fir so Leit wie ich, tie wos of aamol trei Sproche rede, hoat nochteilig. Wenn ich tie Rechtschreibung von Pirgermeister of Ungrisch eistelle loß, noch tut se alle teitsche Wirter unnerstreiche. Genauso, nur remgetreht is es mit ter teitsche Eistellung. Na un wenn ich noch in unsre Mottersproch, also schwäwisch schreib, noch unnerstreicht tes Zeich aafach alle Wirter mit aaner rote Wellenlieni, es tes Bildschirm noch om End so ausschaat, wie wenn ichs om Plattensee in en Tschinakel gschriewe hätt ower wie e roti Fohne der Oarwederbewegung pei Wind. Un Tu waaßt toch, es ich auf unsre Sproch hoat haglich sen un empfindlich aa in tere Hinsicht. Zun Klick wirt se in letzter Zeit so langsam eiheitlich un tes is a kut so, wal in der Nochkriegszeit woar sowieso vill Maleer.

Als pei uns zun Beispill noch ten zwate große Schwowezug tie erscht Großmotter von Teitschland hamkomme is zu Besuch un zu ihre Sihnerin, also zu ihre Schwiegertochter gsocht hot: „Marie, so viel Mais fütterst du mit den Schweinen?", noch hot ihrn siebzehnjähriger Enkel gsocht, mit tere Fraa redt er net, tie wos secht, sei Motter fittert Mäus mit te Säu, wal tes mache se nedemol mit tr Katz, tie muß se sich a selwer fang, un te Säu gewe se Kukruz zun fresse, net Mais.

Wie se noch mit sein Gschwisterkend in Nochperschturf woarn un er se eigezeicht hot, es sie sei Freindin is, noch hon tie Teitsche so hamlich gschmunzlt un enand so komisch ogschaat, un sie is rot wuern pis iwer tie Urwaschl. Tes stimmt ower toch, es sie mitenand verwandt sein, sein Voter un ihrn Voter woarn toch rechte Prieder.

Es schlimmst is ower erscht noch komme, wie tie Nochperschfraa gsocht hot, sie is e kanz großes Mensch wuern inzwesche. Tie Teitsche hon se erstaunt ogschaat un sie is nausgspronge in Hof un fuet. Mir Schwowe hon alli paff gstanne un hon net gewißt, wos los is, wal to woar goarnix geloche, sie woar wirklich e schenes Mädje.

Ower eigentlich hätt ich a beleidigt sein kenne, wie se zuenand gsocht hon von mir: „Der Wastl ist ein ganz toller Kerl!", wal tes mit ten Kerl hätt mr noch gepaßt, ower es se mich fir verruckt halle, tes schon nimmi... Ich hon ower so getun, wie wenn ichs goarnet ghirt hätt.

Heintzutogs waaß ich schon vill mehr iwer solche Mißverständnisse un tarem is es wichtig, es mr seit ter Wiedervereinigung teitsche Fernsehsendunge empfange kenne, wal derezeit hon mr schon vill gelernt un tie Sproch wirt eiheitlicher, turch ten Computer vleicht frieher ower späder tie Rechtschreibung a noch. Wal nehme mr nur zun Beispill so en Wandschitzer ower e Zierhandtuch, wos unser Großmotter gschlunge hot un en Spruch trauf steht. To konnst Gift trauf nehme, wenn net wenigstings

aan Schreibfehler tren is, noch is ter Wandschitzer net original.
Ich kennt noch vieles erwähne iwer unsre Sproch, wos ganz interessant is, wie Onkel, Vetter un bacsi, ower Bauerschsack, Pfaffesack un Judesack, wos tie Unger aa iwernumme hon als „parasztzsák, papzsák un zsidózsák", wupei tes ploß mit der Pflanze „Jute" zu tun hot un net mit en Judekaufmann, ower er hatt solche Säck. Nur mir Schwowe soge halt stotz „t" meistens „d" un wenn unsre Großväter ten Wei gfärt hon es er schener rot sein soll, noch hon tes tie Unger mit „alkörmös" un tie Schwowe mit „Altkirmes" gemocht, mit tere Pflanze, wos teitsch un lateinisch Alkermes haaßt..
Sein mr froh, Seppi, es wenigstings mir uns noach 50 Joahr enand verstehn un wisse – ob Vertriewene ower Verbliewene – „Wir sind eines Volkes Söhne: deutsche Sprache, deutsche Art". To waaß ich heint a schon, es in ten schene Lied net von tene die Red is, tie die „Feder" hochghalle hon, sondern die „Väter", un tes mache mir aa...
Mit tene Getange schließ ich fir heint, Tein Freint

Wastl Schwungrad

(Deutscher Kalender, 1997)

Warmes Herz – Kalte Vernunft

WAKANER IN DER WACHAU

(Reisebericht)

„Es lebte einmal ein mächtiger Fürst in der Wachau, der sich vorgenommen hatte, zum Gedächtnis an die Ahnen ein herrliches Fest zu geben. Er beauftragte seinen Ratgeber, Künstler und Sänger aus aller Welt aufzutreiben und für sein Fest einzuladen, damit all seine Gäste sich wohl fühlen. Dieser ritt viele Tage und Nächte hindurch bis ins ferne Ungarland und erreichte schließlich auch die kleine Ortschaft namens Wakan..."

So könnte das Märchen anfangen – und weiter folgt die wahre Geschichte.

Wo liegt Wakan? Was ist die Wachau? Wieso kommen Wakaner in die Wachau? Alles Fragen, die beantwortet werden müssen, um die Situation zu begreifen.

Wakan/Vokány ist ein kleines Dorf in Südungarn, in der Branau, wo vor gut zwei Jahren ein gemischter Chor gegründet wurde, der sich unter der kunstgerechten Leitung von Frau Dr. Eva Nesz und Frau Rosa Hohmann in kurzer Zeit einen gewissen Ruf erworben hat.

Was das Repertoire des Chores anbelangt, da haben die Fachleute zwar Bemerkungen, das Stimmvermögen betreffend äußern sie sich aber immer wieder anerkennend. So kam es, daß die große Gruppe der begabtesten Frauen einen kleineren Schwarm herausbilden konnte, der sich rasch bekannt machte.

Der Chor, der sich den Namen „Wakaner Echo" erdachte und die finanzielle Unterstützung des örtlichen Sparvereins erwarb, ist nicht besser und nicht schlechter als die übrigen ungarndeutschen Chöre, doch in mehreren Beziehungen – anders.

Nach einer Auslandsreise in die BRD im vorigen Jahr

erhielt der Chor, besser gesagt das sogenannte „Sextett“ unter Leitung der jungen Musiklehrerin Anette Hohmann, eine Einladung nach Niederösterreich. Die Aufgabe hieß: Zusammen mit den „Mikados Vagabunden“ aus Fünfkirchen und dem Dichter Engelbert Rittinger in Melk an der Eröffnung der Ausstellung des bildenden Künstlers Franz Trischler mit einem kurzen kulturellen Programm teilzunehmen, einen „Ungarndeutschen Abend“ zu gestalten und außerdem ein anderthalbstündiges Programm von ähnlichem Charakter darzubieten.

Hauptorganisator und Manager dieses ganzen „internationalen Unternehmens“ war Anton Bayr, Abgeordneter des Nationalrates und bis vor einigen Tagen Bürgermeister von Krummnußbaum. Mit der Organisierung und Leitung unserer Delegation war das Mitglied des Landesrates des Demokratischen Verbandes der Ungarndeutschen, Oberrat Josef Lantos aus Fünfkirchen, beauftragt. Da Krummnußbaum in der Niebelungengau liegt und Melk das westliche Tor der als schönstes Donautal bezeichneten Wachau ist und wir die herzliche Einladung freudevoll angenommen haben, ist nun schon zu verstehen, wie Wakaner in die – übrigens tatsächlich wunderbare – Wachau kommen.

Ein Bringer ist immer willkommen, besagt das Sprichwort, und man betrachtete uns als Bringer ungarndeutscher Kulturschätze. Auch wir selbst fühlten uns als solche, die über diese Schätze verfügen. „Gehet hin und lehret alle Völker!“ heißt es in der Bibel. Unsere Geschenke sind aber sehr bescheiden und beschränken sich auf die über Jahrhunderte aufbewahrten Volkslieder, Sprache, Bräuche und Sitten. Andererseits aber sind wir Menschen von heute, die sich ruhig als Aufgabe und Ziel stellen können: „Gehet hin und lernet von allen Völkern!“

Dieses zweifache Ziel hielten wir stets vor Augen.
Am 24. Juni, Freitag, traten wir voller Spannung diese ersehnte Reise an. Den zwei schon erwähnten Gruppen schloß sich der junge Kunstmaler Anton Dechandt aus Nadasch/Mecseknádasd an, mit dem wir alle gleich in gutem Kontakt standen.
Die Zeit verfloß schnell, bald hatten wir die Staatsgrenze passiert, und schon verhältnismäßig früh waren wir in Pöchlarn, im hübschen „Hotel Moser“, wo wir von der ebenso hübschen Frau Moser und ihrem sympathischen Mann herzlichst empfangen worden sind.
Da wir bis zum verabredeten Termin noch über etwas Zeit verfügten, brachen wir alle auf zu einem kleinen Stadtbummel. Unser Maler war begeistert und wartete ungeduldig darauf, dem Geburtshaus Oskar Kokoschkas den ersten Besuch abstatten und mit dessen Schüler, dem berühmten Kunstmaler Franz Knapp – der einst Bäckermeister und Fährmann war – bekannt werden zu können. Ihm stand ein Aufenthalt von einem Monat bevor, wir anderen mußten aber gleich schweren Herzens feststellen, daß das eine Wochenende nicht reichen werde, um unseren Wissensdurst stillen zu können... Hoch oben vom linken Donauufer winkten uns die Türme der Wallfahrtskirche Maria Taferl einen herzlichen Willkommensgruß herüber, und auch die Wachau, das Stift Melk, das aus drei „Bäumen“ zu einem Stamm (KREMS, UND, STEIN sind drei Städte, aber KREMS UND STEIN=KREMS) zusammengewachsene und fast zur Landeshauptstadt gewordene Krems wollten wir näher betrachten wie auch Spitz, wenn nicht aus anderem Grunde, dann schon deshalb, weil es im Mittelalter „Wachan“ geheißen hat, und das hört sich schon fast wie Wakan an...
Nach einem ausgiebigen Abendessen in Krumm-

nußbaum verbrachten wir noch einen gemütlichen Abend zusammen mit den liebenswürdigen Ehepaaren Bayr und Moser. Die ganze Gesellschaft war wohlauf, die Frauen fühlten sich wohl im „Sonnenschein“. Der Samstagmorgen war etwas trüb, etwas neblig, und unter der genußreichen Reiseführung des Herrn Rödl fuhren wir durch die ganze Wachau, hielten dabei aber bloß in Krems eine einstündige Stadtschau, lauschten der bekannt klingenden Platzmusik und bewunderten die bunte Tracht der Musikanten. Inzwischen wurde auch hie und da ein Blick auf die Schaufenster geworfen, doch schon die Ansichtskarten machten jedem deutlich und klar, daß die hiesigen Preise nicht unsern Geldbeuteln angemessen sind...

Das Mittagessen haben wir in einem kleinen Gasthaus an der Waldkapelle Maria Steinbründl eingenommen. Da hätte trotz aller Gastfreundschaft wahrscheinlich als Folge der heutigen Technik ein Malheur passieren können: Frau Rosa hatte mit der Speise ein Stück Draht in den Mund gekriegt. Der Fall wurde nicht besonders verlautbart, denn das Personal war ja bestimmt schuldlos, aber den unwiderlegbaren „Beweis“ hat sie als Andenken mitgebracht...

Der Nachmittag war zur Vorbereitung ziemlich kurz, schon eine halbe Stunde vor der Eröffnung der Ausstellung waren wir in Melk. Es regnete in Strömen, das Finale der Fußball-Europameisterschaft begann zu gleicher Zeit, Publikum nirgends, und Franz Trischler, mit dem wir uns inzwischen schon befreundet hatten, blickte zu Recht mit Besorgnis in die Welt. Aber die schwungvolle Musik der „Vagabunden“ wirkte aus dem Eingang der „Alten Post“ wie die Wetterraketen in der Branau: Die Wolken rissen auseinander, es hörte auf zu regnen, die Leute wur-

den angelockt. Zwar war das Publikum zahlenmäßig nicht sehr groß, aber oho!
Das von Franz Trischler geschaffene „Hauptgericht“ wurde nach den Begrüßungsworten des Herrn Bürgermeisters von Melk durch Landesrätin Liese Prokop, den Abgeordneten des Nationalrates Anton Bayr und den Botschafter unseres Landes, János Nagy, „serviert“. Jeder der Festredner unterstrich die Wichtigkeit der internationalen kulturellen Zusammenarbeit und deren Beitrag zu Frieden und Freundschaft unserer Länder. Die „Garnierung“ bot nebst Auge und Seele bezauberndem Gesang des Doppel-Trios das kleine Gedicht „Steigerung“. Wetter und Gemüt waren jetzt schon gleicherweise sonnig...
Das Abendessen in Krummnußbaum war reichlich und fein, der Wein schmeckte gut, ja sogar fast zu gut, was sich aber erst später herausstellte...
Vor der vor 15 Jahren vom Architekten Pfaffenbichler erbauten modernen Mehrzweckkirche konzertierte die Krummnußbaumer Trachtenkapelle. Die Leute kamen herbei, und bald waren alle Plätze besetzt. Von den Gesichtern konnte man ablesen, daß außer der erwartungsvollen Spannung auch eine gewisse Sympathie besteht, und diese war gegenseitig. Das Ehepaar Bayr, der Pfarrer, der Organist, einige Lehrer, Franz Knapp jun. und Frau Moser, alle-alle drückten uns die Daumen. Zu unserer Verstärkung war Herr Preisz aus Wakan mit seinen Verwandten angekommen, und auch ein junges ungarisches Ehepaar aus Nürnberg war eingetroffen, und schließlich und endlich war ja unser Botschafter mit seiner Frau und seinen Begleitern auch wieder da. Wir fühlten uns also nicht verlassen...
Wie schon erwähnt, sollte unser Programm anderthalb Stunden dauern. Die drei Festreden und die

darauffolgenden Einleitungsworte von Herrn Lantos mußten inbegriffen sein, demzufolge waren wir gezwungen zu kürzen: ein Lied blieb aus, die Musikanten spielten kürzer und Herr Rittinger mußte sich anstatt dem Vortragen seiner „Werke" hauptsächlich als Ansager betätigen.

Das Programm verlief schnell, und nach den letzten Musiktakten folgte die „Draufgabe" außer Programm. Im Saal wurden die Lampen ausgemacht, und nur das inzwischen geöffnete Sanktuarium und die Marien-Statue waren beleuchtet. Alles war mäuschenstill und hörte dem herzergreifenden Gesang zu: Rosa Hohmann hat uns – auf der Orgel von Tochter Anette begleitet – das „Ave Maria" aus Gounods Faust vorgetragen, was – in Betracht gezogen, daß wir in einer Kirche waren – sehr angebracht schien und für alle Anwesenden ein Erlebnis war. Auch nach dem Erklingen des herrlichen Liedes rührte sich niemand, und nur nach der Verbeugung der Sängerin brach der Beifallssturm aus. Die „Draufgabe" hatte sich gelohnt, für alle...

Beim darauffolgenden Empfang wurde alles nochmals ausgewertet, und die Meinungen waren alle positiv. In jeder Äußerung wurde festgestellt: Frieden und Freundschaft sind international. Viele der Anwesenden begrüßten sich schon als Freunde und berichteten über die bisherigen Erfahrungen und Erlebnisse im Land des anderen. Ich kann mit Überzeugung behaupten, daß wir auch als „Botschafter" des Landes alle unseren Mann gestanden haben.

Am Sonntagmorgen mußten wir uns in das Gästebuch des Hotels Moser eintragen, und die Frauen sangen noch ein Abschiedslied. Jede bekam eine Schachtel echter Salzburger Mozartkugeln, aber ich bilde mir ein, daß die Tränen der Hausfrau ein bißchen auch uns gegolten haben...

Unser Weg führte uns nun nach Mank, in die jüngste Stadt Niederösterreichs, wo wir im sehr modernen Kulturhaus ebenfalls einen erfolgreichen Auftritt hatten. Schade, daß die Zeit hier schon sehr bemessen war. Nach dem „offiziellen Foto“ kam es zu einem fürstlichen Mittagessen in der Gesellschaft des sehr sympathischen Bürgermeisters Hans Oliver Godderidge und des vor Humor strotzenden Vizebürgermeisters Anton Pichler sowie des inzwischen eingetroffenen Ehepaars Bayr. Die Stimmung war ausgezeichnet, man fühlte sich ungezwungen und frei, wie immer nach getaner Arbeit.
Unser Mäzen überreichte uns noch als Geschenk eine Übernachtungsmöglichkeit in Wien, ein Taschengeld zum Bummeln in der Hauptstadt am Montag, und nach innigem „Lebewohl“ ging es los: Wir nahmen Kurs auf Osten, der Heimat zu...

1988

OHNE LEIWL GING'S NICHT

Als wir die Aufgabe bekamen, da hatte ich noch ganz andere Vorstellungen, wie ich damit anfangen könnte. Jetzt aber, nachdem ich anstatt meiner eingeschlossenen eigenen Hilfsmittel zwar einen Kugelschreiber und Papier geborgt bekommen habe, muß ich feststellen, daß mir auch die Brille fehlt, und dadurch wird's schwierig. Es geht mir einfach so wie vor siebzig Jahren dem Franzl in der Schule mit dem Buchstaben „r". Auf die Frage des Lehrers: „Na, Franzl, sag mal schön, was wir gestern gelernt haben", hat sich der Junge von oben bis unten eingehend betrachtet und sich dann folgenderweise geäußert: „Herr Lehrer, ich kann es Ihnen leider nicht sagen, weil ich habe mein Leiwl nicht an!" Na ja, und ohne Leiwl ging's nicht, und so könnte ich da eigentlich auch aufhören, weil ich keine Brille habe. Aber wer weiß, vielleicht würde ich in diesem Fall gar kein Abendessen bekommen, und das wäre schon peinlich. Nein, lieber doch – und wenn auch schlecht – schreiben, und nachträglich – hoffentlich gut – essen. Also: Wir stehen alle im Foyer des „Hotel Löwe" und warten auf den Chef. Er kommt nicht. Zum Glück hat er aber einen Boß, und der kommt, ja, er weiß sogar Bescheid, was zu tun ist.

Wir kommen aus dem „Hotel Löwe", stehen dann vor dem anderen Löwen in Reih und Glied in der Sonne, damit uns der Gelegenheitsfotograf verewigen kann. Dem Löwen hinter uns macht die heiße Sonne überhaupt nichts aus, er ist nämlich – na ja, ich meine aus Blech. Er hält die türkischen Fahnen stolz unter den Pfoten, ohne auch nur zu zucken oder mit den Augen zu zwinkern. Er benimmt sich heldenhaft in der Hitze, und das schon seit über 100 Jahren, aber wir schwitzen schon nach einigen

Minuten. Eben deshalb gehen wir aus der Sonne des ehernen Löwen in den Schatten des „Hotel Löwe" und stehen vor der „Bierstube Löwe" und „Konditorei Löwe". Nicht nur ihr Name ist gleich, sondern es ist auch überall gleich heiß.
Ein neugieriger Fremder könnte fragen, ob denn in diesem ländlichen Städtchen alles nach diesem Löwen benannt ist und woher dieses Wundertier stammt. Der einheimische Stadtbewohner erklärt dem Fremden, daß die Vorfahren der Bewohnerschaft so heldenhaft gegen die Türken gekämpft haben, daß sie nur mit dem Löwen verglichen werden konnten, also wurde der Löwe das Symbol der Stadt Groß-Sigeth/Szigetvár. In der Festung kann man mehr darüber erfahren...
Wir brechen also auf, um unsere Kenntnisse zu erweitern und den Helden von einst zu huldigen. Sie waren Helden, denn sie haben ihr Leben geopfert, ob das aber ihren eigenen Zielen entsprach oder die Politik es so forderte, das ist genau so fragwürdig wie heutzutage in Kriegszeiten. Am Eingang sehen wir eine Kanone und im Saal die dazugehörende steinerne Munition, sie sind vielleicht die einzigen ursprünglichen Zeitgenossen. Die Tabellen geben Auskunft über Wahrscheinlichkeiten, aus der überall sichtbaren „Newen Zeitung" konnte ich aber nicht feststellen, in welcher Sprache der ungarische Feldherr und kroatische Ban dalmatinischer Herkunft im Dienste des Habsburgischen Kaisers von Österreich seinen Soldaten und Bauern verschiedener Abstammung seine Befehle erteilte. Möglich, daß auch das zur Niederlage beigetragen hat? Allerdings hatte der mächtige Sultan Suleyman einen noch mächtigeren Ärger mit ihnen, so daß ihm angeblich vor Ärger der Atem weggeblieben sein soll, weil ihn, der schon vierzig Jahre vorher bei Mohatsch der ungarischen

Armee eine totale Niederlage beigebracht hatte, so ein kleiner Bienenschwarm in diesem Schutthaufen hinderte, gen Wien zu marschieren. Ja, da bleibt einem der Atem aus, insbesondere, wenn man schon bei Mohatsch nicht mehr ganz jung war...

Ob das alles so gewesen sein konnte? Darüber könnten die Leute erzählen, die tot in der Erde liegen und für ewig schweigen werden, und vom Hörensagen einige Bäume im Park. Aber an denen sind anstatt viel praktischere Hinweise angebracht wie z.B. „WC".

Und daß sich die Zeiten nicht viel geändert haben, bloß moderner geworden sind, das beweisen am Ausgang ein Flugzeug und ein Geschütz vom Zweiten Weltkrieg...

27. Juli 1991

HEIMAT, ICH MUSS DICH VERLASSEN

(Vertreibung aus Ratzpeter/Újpetre)

Was bedeutet einem Menschen das Wort „Heimat"? Eine interessante, überraschende Frage. Am liebsten würde ich antworten: manchmal nichts, andersmal hingegen alles. Wie seit jeher das Salz oder für uns, den Menschen von heute, der elektrische Strom. Wir betrachten diese als so natürlich und selbstverständlich, daß wir ihre Wichtigkeit nur dann merken, wenn wir sie nicht haben.

Ähnlich ist das Verhältnis mit der Heimat. Sie bedeutet unser Daheim, die Familie und die Freunde, den Unterhalt und das Gefühl der Geborgenheit, den Hang zu einem engeren Gebiet, ein Land, Vergangenheit, Gegenwart und Zukunft, alles, alles, was unser Leben selbst bedeutet. Doch all dies merken wir nicht, wir denken einfach nicht daran. Bei normalen Verhältnissen, mit normalen Mitmenschen. Während der Geschichte gab es aber auch Zeiten mit abnormalen Verhältnissen, so auch in unseren Tagen. Eine dieser war die Vertreibung der Ungarndeutschen, hier in Ratzpeter genau vor fünfzig Jahren.

Die Heimat ging für die Vertriebenen ein für allemal verloren, eine neue Heimat gab es noch nicht, nur eine verschwommene Zukunft voller Ungewißheit und Aussichtslosigkeit. Aus den meisten der umliegenden Dörfer waren die Leute schon ein Jahr vorher abtransportiert worden, in diesen Gebieten Deutschlands gab es keinen Platz mehr, so mußten die Újpetrer in die russische oder Ost-Zone, in die spätere DDR.

Die Aussiedlung erfolgte in geschlossenen Viehwaggonen, man nannte sie einfach so, und die Verhältnisse waren auch dementsprechend „komfortabel“. Ein Grund mehr zur Verzweiflung der Betroffenen, die sowieso in vielen Fällen Mitglieder zersplitterter Familien waren. Ihre Habseligkeiten waren bescheiden, das Notwendigste in einem Bündel. Manchen zeitgenössischen Politikern gefiel das so, und sie brachten es auch zum Ausdruck: „Die Schwaben sind mit einem Bündel gekommen, sie sollen auch mit einem Bündel gehen.“ Wir wußten, daß das nicht ganz stimmte, und heute weiß ein jeder, daß es nicht so war.

Es stellt sich die Frage: Wer hat was gewonnen bzw. verloren durch die Vertreibung der Schwaben aus Ungarn?

Ich bin überzeugt davon, daß Deutschland durch sie gewonnen hat. Nach einem verlorenen Krieg halfen sie, das Land aufzubauen. Und die vorerst als „ungarische Zigeuner“ bezeichneten Schwaben wurden bald geschätzte Bürger ihrer neuen Heimat. Für sie und insbesondere für ihre Kinder ist es die neue Heimat geworden, und für die Enkel die Heimat überhaupt, die sie sich selber aus den Trümmern erbaut haben. Wirtschaftlich stehen sie besser als die in der „alten Heimat“ Verbliebenen, die es auch nicht leicht hatten, sie wurden materiell und rechtlich enteignet, viele verschleppt zur Zwangsarbeit und in Internierungslager gesteckt, Zigtausende kamen ums Leben. Die Überlebenden aber kauften allmählich Haus und Hof zurück oder erbauten sich neue Häuser, schafften sich eine neue Existenz, emsig und stumm, wie die Bienen, weil reden traute sich keiner. Zumindest in der Muttersprache nicht, und so ging diese mitsamt den Bräuchen und Sitten, mit dem ganzen Volkstum fast verloren.

Heut, ein halbes Jahrhundert nach den Geschehnissen, kann man feststellen, daß man hoffentlich noch

rechtzeitig erkannt hat: Die Vertreibung der Schwaben war für Ungarn ein Verlust, ein politischer Fehlgriff, denn ihr Fleiß und ihre Tüchtigkeit hätten zum wirtschaftlichen und zum kulturellen Fortschritt unseres Vaterlandes so manches beigetragen.
Der handgreifliche „Nutzen“ der Vertreibung besteht in erster Linie in der vielseitigen Hilfe und Missionstätigkeit unserer ehemaligen Landsleute, die sie zum Brückenschlag zwischen den Heimatländern leisten, und die immer noch der Vaterlandsliebe, dem Hang zur Heimat, der alten Heimat, entspringt. Diesen und der christlichen Nächstenliebe.
Die Gedenktafel soll ein Verneigen vor den Vertriebenen aus Ratzpeter symbolisieren.

4. August 1997

WARMES HERZ – KALTE VERNUNFT

Erfolgreiche Spendenaktion des Freundeskreises für Ratzpeter und Palkan

Wir wußten davon und waren trotzdem etwas überrascht. Ich meine die Kleiderspende der Wernauer für Ratzpeter, also Újpetre. Noch im Herbst letzten Jahres bekam ich die für mich erfreuliche Nachricht, daß in Wernau ein „Freundeskreis Újpetre-Palkan und Umgebung“ gegründet worden war. Aus den Taten konnte man schon vor vielen Jahren darauf folgern, daß dies früher oder später eintreffen würde. Einerseits sind weder die Vertriebenen noch die Verbliebenen auch nach fünfzig Jahren noch nicht so geistesschwach, daß sie vergessen hätten, andererseits aber nach einem halben Jahrhundert seelisch schon stark genug, um vergeben zu können. Vergebung jedoch bringt Hilfsbereitschaft dem Bedürftigen und Schwächeren gegenüber mit sich. – Wer heutzutage bedürftig ist, dafür hatten die Wernauer schon immer ein gutes Gefühl und ein warmes Herz.
Kurz vor Weihnachten informierte man uns vom großen Widerhall und guten Erfolg des Aufrufs zur Spendenaktion. Es wäre natürlich eine schöne Sache gewesen, das Weihnachtsfest durch einen Beweis der Liebe zu verschönern, aber bei den damaligen Verkehrsverhältnissen konnten, durften wir das nicht annehmen, es wäre ein überflüssiges Risiko gewesen, das Leben der Fahrer aufs Spiel zu setzen. Überflüssig deshalb, weil wir einerseits wissen, daß im Winter keiner erfrieren wird wegen Kleidernot, andererseits wiederum, daß wir auch im Sommer noch viele arme Mitbürger haben werden.

Wir wußten also Bescheid – und trotzdem waren wir jetzt überrascht. Erst kurz vorher, am 16. Mai, war ich tatsächlich stolz auf Wernau. Ja, ich persönlich war von gewissem Stolz erfüllt, als wäre es mein eigenes Verdienst. Der ungarische Staatspräsident erinnerte sich seines ersten Deutschland-Besuches, als man ihn mit ungarischen Volkstänzen begrüßte, was ihn tief gerührt hat. Ich wußte, daß die „Verursacher" die Mitglieder der Tanzgruppe von Wernau waren. Im Lied heißt es, „Ich hab mein Herz in Heidelberg verloren". Da ich selber ebenfalls schöne Erlebnisse hatte in dieser wunderbaren Studentenstadt, will ich nicht eindeutig behaupten, daß ich mein Herz in Wernau verloren habe, aber meinen geschätzten Regenschirm, ja. Für mich war er deshalb so wertvoll, weil ich ihn von Heinrich Reitinger bekam als Ersatzgeschenk für jenen, den ich in seinem Wagen vergessen hatte. Und jetzt stand Heinrich Reitinger hier in Fünfkirchen als Repräsentant des „draußigen" und als großer Helfer des „heimischen" Ungarndeutschtums neben unsrem Staatspräsidenten in einem Einverständnis, wie wir es schon lange erwartet hatten. Neben ihnen und vor uns das wunderbare Kunstwerk des begabten, berühmten und beliebten ungarndeutschen Künstlers Franz Trischler, der auch das Kriegerdenkmal von Ratzpeter geschaffen hat. Hier nun am Lenau-Haus sein neues Werk, eine Statue: Ein stattlicher junger Mann mit Wanderstab und Bündel, bei dem man nicht entscheiden kann, ob er kommt oder geht. Symbol des Ungarndeutschtums als Einwanderer oder Vertriebener. Möglicherweise beides, aber eins kann man jedenfalls auf den ersten Blick feststellen: Er ist kein Bettler und kein Landstreicher, sondern ein Wanderer auf der Suche nach einer neuen Heimat, der sein Bündelchen mit Selbstbewußtsein und

Würde trägt, weil er den – eventuell sogar bescheidenen – Inhalt des Bündels nicht gestohlen und nicht erbettelt, sondern eigenhändig, mit deutschem Fleiß und Schweiß, erworben hat.
Dieser Stolz und diese Würde sind bezeichnend für unser Volk. Darum wollten wir nicht, daß die Leute die schönen, wertvollen Kleidungsstücke ganz unentgeltlich, „umsonst" bekommen sollen. Durch Bestimmung eines – wenngleich nur symbolischen – Preises, persönlichen Beitrags wollten wir jedem diese Chance zur Bewahrung dieser Würde geben. Zwar nicht jeder einzelne, aber die überwiegende Mehrheit hat den Sinn verstanden, umsomehr auch mit dem Bewußtsein, daß der Erlös der Jugendkapelle zugute kommen soll. Dadurch wurden die Beschenkten zugleich zu Spendern erhöht, außer jenen, die als die Bedürftigsten alles gratis bekommen haben, wie jene kleine Madjarin, die wir eigenmächtig zur Begünstigten auserwählt haben. „Mütterchen Marietta" ist drei Jahre jung und seit einem halben Jahr Waise, weil sie ihre Mutter verloren hat und jetzt gute Mutter ihrer Puppe sein will, für die sie nun den Puppenwagen aus Wernau bekommen hat. Ich bin überzeugt davon, daß auch ihr in zwanzig Jahren warm ums Herz wird, wenn sie den Namen Wernau hört.
Marietta konnte die Begünstigung ihrem persönlichen Unglück verdanken. Es gab aber auch mindestens eine Begünstigte des angeblich blinden Glücks. Eine Mutter kam mit der zwölfjährigen Tochter zu mir und bat um Rat: Sie haben in der Tasche des eben erworbenen Anzugs einen funkelnagelneuen 20-Mark-Schein gefunden, was müssen sie nun tun? Ich beruhigte sie mit der Bemerkung: Was man erworben hat, das gehört einem, das kann er mit gutem Recht und ruhigem Gewissen behal-

ten. Der siebenfache „Gewinn“ der blinden Göttin des Glücks traf diesmal eine siebenköpfige Familie, die bis unlängst für einen seit langen Jahren kranken Großvater gesorgt hat.

Abschließend möchte ich im Namen der Újpetrer unser aller Dank zum Ausdruck bringen für die großzügige Spende. Dazu könnte und sollte ich sehr viele Namen aufzählen als Dankeschön für die liebevolle, präzise und mit Gewißheit nicht leichte Arbeit. Da ich aber befürchte, ich könnte jemanden ungewollt und unverdientermaßen vergessen, will ich lieber, ohne Namen zu nennen, allen Freunden und Bekannten, allen Bewohnern zusichern:

Mein Herz gehört Wernau!

1997

HERZLICHE SORGEN

Die Angelegenheit kam als Problem zum ersten Mal während einer Blutspende ans Tageslicht und überraschte den Wastl wie ein Blitz aus heiterem Himmel. Er hatte das Herz auf dem rechten Fleck, war ein hilfsbereiter Mann und als solcher seit eh und jeh freiwilliger Blutspender. Nie hatte es dadurch unangenehme Folgen gegeben: Man nahm ihm das Blut ab, anschließend aß er gemütlich die zwei Brötchen, dazu das Paar Würstel mit Senf, trank die gebührende Flasche Bier, dankte und ging – die Sache war damit für ihn erledigt.

Diesmal gab es aber Hindernisse. Die Ärztin, eine sympathische und hübsche junge Frau, untersuchte ihn auffällig eingehend auf Herz und Nieren, hummte einige Male, schüttelte öfters den Kopf und fragte schließlich: „Herr Schwungrad, welche Medikamente nehmen Sie?“ Wastl nannte das Medikament, und sie maß seinen Blutdruck. Der war normal, aber das reichte ihr scheinbar nicht, denn sie fragte weiter: „Und wie ist es mit dem Atmen?“ „Na ja, wenn ich bergauf gehe, muß ich schon manchmal einen Gang zurückschalten“, gab er zu, denn das war die Wahrheit. „Ihre Füße schwellen nicht an?“ wollte sie noch wissen. „Ja, das kommt vor, aber ich meine, das hat doch vielleicht nichts mit dem Atmen zu tun?“ „Hat es auch nicht, lieber Herr Schwungrad. Beide Symptome, ich meine die Atemnot und das Anschwellen der Füße, haben mit der Blutpumpe, also mit dem Herzen, zu tun. Deshalb rate ich Ihnen, diese Blutspende vorerst mal auszulassen und sich gelegentlich, aber umso eher, mal einer gründlichen Untersuchung zu unterziehen. Ich schreibe Ihrem Arzt, er wird Sie einweisen.“

Wastl war etwas verblüfft. Ja, er hatte schon manchmal Atemstörungen, hie und da fühlte er eine gewisse Erstarrung in der Brust, aber daß das mit dem Herzen zu tun hat, das hätte er nie geglaubt. Man sagte ihm schon immer, er habe ein gutes Herz, ein großes Herz, ein Sportherz. Die Beiwörter empfand er mal schmeichelnd, mal abwertend, kümmerte sich aber nicht darum. Er hatte das Herz stets auf der Zunge, und das war nicht immer vorteilhaft; er hat es auch einige Male verschenkt, aber diesmal rutschte ihm das Herz in die Hose. Er war nicht feige, betrachtete das Leben mit all seinen „Zubehören“ realistisch, aber jetzt war ihm nicht besonders wohl ums Herz. Wie denn auch, da ihm das Herz seit jeher als das wichtigste Organ bekannt war, von dem sein ganzes Schwungrad-Dasein abhängt und nun gefährdet zu sein scheint...

Die Ärztin schrieb einen kurzen Brief an seinen Hausarzt, den Wastl am kommenden Tag auch gleich überbrachte. Der Arzt bewegte den Kopf einige Male besorgt hin und her, dann sagte er etwas vorwurfsvoll: „Warum hast du mir davon nie etwas erwähnt?“ Sie waren aufrichtig befreundet miteinander, deshalb gestand Wastl ganz offenherzig: „Weißt du, Doktor, ich mag euch Ärzte, ehre und schätze eure Tätigkeit, wenn ihr euch um das Wohlergehen anderer bemüht, aber wenn ihr mit mir beschäftigt seid, dann bin ich nicht besonders begeistert.“ „Das ist aber nicht eben gescheit von dir, das weißt du hoffentlich.“

Wastl schwieg schuldbewußt. Der Arzt hieß ihn, den Oberkörper zu entblößen, nahm sein Stethoskop, und mit den Worten, „na, mal sehen!“, fing er an, Wastl zu untersuchen. Der traute sich kaum zu atmen, aber er wurde immer wieder zum tiefen Atmen ermahnt.

Die Untersuchung dauerte nicht lange. Der Arzt

ging zurück, setzte sich an seinen Schreibtisch und schrieb mit der Bemerkung, „Die Kollegin hat recht, ich muß dich zu einer gründlichen Untersuchung ins Spital einweisen“, das Papier.
Der Facharzt, ein junger und freundlicher Kardiologe, las den Brief, befahl Wastl, sich aufs Patientenbett zu legen und untersuchte ihn lange und sehr eingehend. Dabei stellte er Fragen, und sein anfangs lächelndes Gesicht wurde immer ernster. Schließlich sagte er: „Herr Schwungrad, Ihr Gesundheitszustand ist nicht erschreckend, aber nehmen Sie ihn trotzdem ernst. Schonen Sie sich in der Arbeit, ruhen Sie möglichst viel und befolgen Sie meinen Rat: Dem Omnibus oder einer jungen Frau sollen Sie keinesfalls nachrennen, es lohnt sich nicht. Ich verschreibe Ihnen jetzt ein Medikament und genau in einem halben Jahr kommen Sie wieder.“
Wastl machte alles gewissenhaft. Er nahm vorschriftsmäßig die Arznei, ließ jeden Bus ruhig davonfahren und auch den Frauen folgte er nur mit den Augen.
Bei der zweiten Kontrolluntersuchung erweiterte sich die Anforderung auf eine dringende Gewichtsabnahme, dazu kamen zwei weitere Heilmittel, und Wastl sollte nach zwei Monaten wiederkommen.
Während der dritten Untersuchung war auch die Loni mit dabei. Natürlich nicht im Sprechzimmer, nur so im Korridor hat sie dagesessen und auf den Wastl gewartet. Sie hatte an diesem Tag selber eine ganze Reihe von Untersuchungen überstanden und saß sehr ermüdet da. Es dauerte sehr lange, und Loni wäre schon fast eingeschlafen, als der Wastl in Begleitung des Arztes erschien.
Die diesmalige Frage des Arztes war ganz unerwartet und wirkte etwas betäubend. Er fragte den Wastl, ob er sich schon Gedanken darüber gemacht habe,

wann er unter das Messer gehen wolle. „Na, schöne Bescherung, Herr Doktor, davon war bisher keine Rede gewesen. Meine Frau ist auch da, die wird aber schauen, was Sie da sagen.“ So war's auch, als Wastl die Frage des Arztes mitteilte und dieser alles bestätigte. Loni war gleich hellwach geworden und fand keine Worte. Endlich stammelte sie: „Ist es denn so schlimm, Herr Chefarzt?“ „Nein, im Augenblick noch nicht, aber es kann schlimmer werden. Damit müssen Sie sich abfinden und auf die Möglichkeit vorbereitet sein. Besprechen Sie das miteinander und sagen Sie mir in zwei Monaten, kurz vor Weihnachten, Bescheid.“

Die beiden gingen eine ganze Weile wortlos nebeneinander und fuhren besorgt heim.

Am festgesetzten Tag war Loni wieder mitgefahren. Der Arzt war noch nicht da, bloß eine ältere Frau, eine Patientin, wartete ebenfalls auf ihn. Sie saßen vor dem Sprechzimmer auf dem Korridor, und Wastl begann wie immer in solchen Fällen ein Gespräch mit der Leidensgefährtin. Bald stellte sich heraus, daß sie eine ganze Menge gemeinsame Bekannte haben. Sie war vom Arzt für den heutigen Tag zum „Experimentieren“ bestimmt. Der Doktor kam aber nicht, und die Frau ging weg, weil sie die Enkelin vom Kindergarten abholen mußte.

Endlich kam der Herr Chefarzt in Begleitung eines ganzen Gefolges von Medizinern. Er hieß Wastl reinzukommen und sich auf das Untersuchungsbett zu legen, stellte den Patienten kurz vor, indem er dessen „herzliche Angelegenheit“ und diesbezügliches Befinden schilderte, dann ließ er Wastl eine ganz unbequeme Positur einnehmen, um den umherstehenden Studenten umso besser erklären zu können, wo der Hund begraben ist. Auch Wastl konnte auf dem Bildschirm des Geräts gut sehen, wo sich die verkalkten Stellen an seinem Herzen befinden, die eine baldige Operation erfordern, aber seine augenblickliche Lage war so anstrengend und ermüdend, daß er sich bewegen mußte. Der Arzt befahl ihm fast derb, ruhig und bewegungslos liegen zu bleiben und machte sein Experiment weiter, in das Wastl hineingeraten war wie Pilatus in das Credo.

Als die Studenten entlassen und die beiden alleine waren, kam es zu den aktuellen Verordnungen. Der Herr Chefarzt redete dem Wastl wieder zu, sich operieren zu lassen, und sicherte ihm zu, ihn mit dem berühmten Professor Szabó – der die erste Herztransplantation in Ungarn gemacht und unter dessen Hand auch er praktiziert habe – bekannt zu machen. Wastl bemerkte bescheiden, aber sehr entschieden, daß er auf solche Protektion lieber verzichte, obwohl er den berühmten Professor zufälligerweise persönlich kenne, noch aus jener Zeit, als dieser „Duli" genannt wurde. Diese Bemerkung war auch für den Herrn Chefarzt ein Beweis dafür, daß die Behauptung stimmt.

Wastl hatte aber den Floh im Ohr. Er hatte natürlich die Berichte über das erfreuliche wissenschaftliche Ereignis in allen Medien verfolgt. Er erkannte seinen ehemaligen Mitschüler von vor fast einem halben Jahrhundert erst an seiner Stimme im Rundfunk, dann an den Fotos und anderen Presseinterviews. Er war auch gebührend stolz darauf, Mitschüler eines solchen Mannes gewesen zu sein. Aber nachts konnte er nicht schlafen und grübelte über seine Angelegenheit. Er hatte sich schon die ganze Situation vorgestellt, wie sie etwa ablaufen könnte, falls es soweit käme...

„Servus, alter Kumpel, seit tausend Jahren hab ich dich nicht mehr gesehen, wie geht's dir?" „Dank für deine Frage. Halt immer mehr alt und immer weniger Kumpel, meine ich." „Ja, mein ehemaliger Student und lieber Kollege hat mir berichtet, daß du Schwierigkeiten hast mit den Herzklappen. Stimmt das?" „Leider ja, und mich interessiert in erster Linie, womit das verbunden ist, ich meine Risiko, mit oder ohne und so weiter, Garantie und so, verstehst ja." „Ja, jedenfalls mit Risiko und ohne Garantie." „Mir wär's umgekehrt lieber, mein Herr Professor." „Natürlich, aber dafür ist der Chef zuständig", sagte der Professor und zeigte nach oben. Wastl verstand ihn nicht recht. „Der Chef?" fragte er. „Ich meinte, du wärst der Chef?" „Ja, natürlich bin ich das, aber ich meine den Chef-Chef aller Ärzte", sagte er und zeigte wieder nach oben, obwohl sie sich im höchsten Stockwerk des Gebäudes befanden.

Wastl war ganz ruhig, fast gleichgültig. Mit dem obersten Befehlshaber war er in Ordnung. Er war kein guter Beter im alltäglichen Sinne, aber er war „per tu" mit dem Chef-Chef, berichtete jeden Abend über den Verlauf des Tages und war immer bestrebt, etwas Gutes melden zu können. Da hatte er also keine Angst. Er fragte den Professor noch kurz: „Und was ist dann, wenn die eingesetzten Klappen nicht klappen?" Der Professor machte eine ganz eigenartige Handbewegung und sagte: „Wie ich dir bereits gesagt habe. Oder, wie man heutzutage zu sagen pflegt, ‚no comment', wie der Engländer sagt." Sie verabschiedeten sich, denn die Zeit des Professors war ziemlich bemessen, und auch Wastl wollte seinen Zug nicht versäumen, und nachrennen durfte er ja sowieso nicht...

Wastl grübelte nach, rief sich jede Geste und jedes einzelne Wort ins Gedächtnis zurück, bloß die eine Bewegung konnte er nicht deuten, obwohl er die schon irgendwo gesehen haben mußte, weil sie ihm gleich bekannt vorkam. Einschlafen konnte er nicht. Und dann hatte er es auf einmal, wie ein Blitz leuchtete es in ihm auf: Ja, alles soweit in Ordnung, wenn nur diese verflixte Pilatus-Händewasch-Bewegung nicht gewesen wäre!...

17. Dezember 1994 (4. April 1998)

HEUT WÄR ICH EIN „HERR VON…“

Ja, gewiß wäre ich heute ein „Herr von so und so“, wenn ich anno dazumal dem Rat meines Professor befolgt hätte, der mir wohlgesinnt war. Ich hätte mich bloß magyarisieren lassen müssen, und sogar das hätte er, der Herr Professor Oláh, für mich erledigt. Aber wer hätte damals in der Lodenmantelzeit, als man für das Wetter die Meteorologen verantwortlich gemacht hat, und wehe ihnen, wenn nicht jeden Tag der Ostwind wehte, der uns die neue Welt bringen sollte, also wer hätte damals geglaubt, daß wir noch eine Zeit erleben werden, in der ein kalter Wind vom schönen Westerwald her pfeifen wird? Und daß man zwei Mäntel braucht? Kein Mensch glaubte so richtig an diese Möglichkeit, auch ich habe es nur ganz im Inneren für meinen eigenen Gebrauch fahl und verschwommen gedacht, und eben deshalb blieb ich bei meinem erbeigenen und bescheidenen Namen, und jetzt ist alles zu spät…

Um die ganze Sache verständlich zu machen, muß ich weit zurückgreifen, ganz bis zur Bibel. Na, nicht, daß ich etwas mit Palästina zu tun hätte, aber bis zur wartburgischen Bibel muß ich zurück, schon des Beispiels wegen. Da heißt es irgendwo, daß aus den Ersten die Letzten und aus den Letzten die Ersten werden. Im Letztersein habe ich große Übung und Erfahrungen, aber einmal wurde ich ganz unverdient und ungewollt erster, und zwar auf die Dauer von zwei vollen Jahren. Das kam so, daß ich fünf Jahre nach der Reifeprüfung noch viel reifer, mit vielen Erfahrungen und mehrfachen Durchsiebungen auf dem Rücken, vom Militär mit einer zweimonatigen Verspätung das Studienjahr

antreten wollte. Eigentlich war es eine Woche weniger, aber Feri bácsi, der Verantwortliche, sagte, nach sechsunddreißigmonatigem Militärdienst verdiene ich noch eine Woche Urlaub zum Ausruhen, und so wurden die zwei Monate daraus.
Jetzt sollte der biblische Spruch an mir in Erfüllung gehen. Vielleicht war's aber die allgemeine Bescheidenheit der damaligen Jugendlichen, derzufolge der jeweilig als erster Erschienene immer den letzten Platz mit Beschlag belegte und so weiter bis zum ersten Platz, der dem Letzten zufiel, der – wie oben schon erwähnt – in diesem Fall ich war.
So wurde ich also „Gruppenerster", was den Sitzplatz anbelangt, und das hatte seine Vorteile wie auch seine Nachteile. Was zum einen gehörte und was zum anderen, das konnte man leider nicht im voraus wissen, darin bestand ja eben das Platzrisiko. Für mich war es vorteilhaft, daß ich jedes Wort des sehr gebildeten und sachverständigen Professors gut verstehen konnte, um meinen Rückstand zu den anderen etwas vermindern zu können.
Was ich damals als Nachteil empfunden habe und was jetzt vorteilhaft sein könnte, das war unser zur Gemeinschaftsangelegenheit erhöhtes Privatgespräch, ein wöchentlicher Dialog zwischen Professor Oláh und mir. Die anderen hörten mäuschenstill zu oder beschäftigten sich währenddessen mit eigener Sache, je nach dem, ob ihre aktuelle Hausaufgabe schon fertig war oder nicht. Für sie war also mein Sitz ein Zeitgewinn und auch in anderen Beziehungen von großem Vorteil.
Unsere Unterhaltung wurde nach einer gewissen Zeit typisch und gewohnt, aber keinesfalls langweilig. Der Herr Professor begann mit der Frage: „Na, Wastl, wann lassen Sie Ihren Namen magyarisieren?" „Kommt nicht in Frage, Herr Professor, fällt

mir überhaupt nicht ein." „Und warum nicht?" „Was würde mein Vater dazu sagen? Das wäre doch offenbar beleidigend für ihn." „Nicht doch, er würde sich mit der Zeit schon daran gewöhnen." „Es wäre eigentlich sehr komisch mit mir, Herr Professor, denn wie hört sich das an z.B. Wastl Lendkereki oder Wastl Lengvári? Das klingt doch ganz unmöglich, sieht aus wie ein Messer ohne Heft und Klinge, nicht wahr?" „Ja, schon", gab er selber zu, „aber die zukünftigen Kinder..." „Wenn ihnen der Name ihres Vaters nicht gut genug sein sollte, dann sollen sie sich magyarisieren lassen, aber ich mache es nicht." „Schade, denn wir leben doch schließlich in Ungarn, und ich würde es Ihnen gerne ganz unentgeltlich erledigen." „Herr Professor, ich danke Ihnen für Ihr Wohlwollen, aber es ist keine Geldfrage. Übrigens kenne ich Persönlichkeiten der ungarischen Geschichte, die trotz ihres fremdartigen Namens gute Patrioten waren, und auch solche, die heute als Landesverräter betrachtet werden, obwohl sie einen wohlklingenden ungarischen Namen hatten."

So und ähnlich verliefen jeweils die ersten Minuten, während der wir beide unsere diesbezüglichen Ansichten aufeinanderprallen ließen. Ansonsten entstanden daraus keinerlei nachteilige Folgen, ich nahm ihm die Sache nicht übel, und er konnte mich ausdrücklich gut leiden, ja er mochte mich sogar, nannte mich immer mit dem Vornamen und erwies mir immer seine Gunst. Und trotzdem ist mir nach einem halben Jahr der Kragen geplatzt.

Es war ein regnerischer Tag und dies oder sonstwas machte mich sowieso schon nervös. Als dann Herr Professor wieder auf das ungarische Brot angespielt hat, da war es aus, da riß der Faden meiner Geduld. Entschlossen und fast grob warf ich zurück: „Ach,

Herr Professor, lassen wir doch endlich diese unnötige Wortdrescherei mit der Magyarisierung. Übrigens, ein solcher Ungar, wie Herr Professor sind, bin ich jederzeit!"
Er wurde kreidebleich vor Überraschung und brachte nur die Frage hervor: „Wieso?"
Ein Semester hatte ich an einer Universität aus Herkunftsgründen schon verloren. Aber das waren politische Ursachen. Dies hier war ja keine Politik, das war ja bloß ein falscher Patriotismus mit etwas Nationalismus gewürzt, wobei ich außer meinem Namen nichts mehr zu verlieren hatte und gleichfalls über meine Gewürze verfügte. Deshalb antwortete ich ganz unbesorgt und scharf: „Gestatten, Herr Professor, aber ein Oláh war doch noch nie ein Magyar, oder?" Sekundenlang herrschte Todesstille, dann brach ein deutliches Gekicher aus. Von der Bedeutung und dem Ursprung der Familiennamen hatten wir alle schon eine Ahnung. Herr Professor konnte leicht feststellen, daß das etwas schadenfrohe Lachen diesmal auf sein Konto ging. Er war schließlich ein korrekter Mann, der das Resultat mit folgenden Worten verbuchte: „Also gut, dann gehn wir an die Arbeit."
Es gab keinerlei Folgen. Wir wurden später sozusagen gute Freunde, es kam die Zeit, wo er mein damaliges Verhalten für eindeutig lobenswert erklärte. Die Frage meiner Magyarisierung war ein für allemal abgeschlossen. Und jetzt, da Herr Professor Federwisch, wie ihn seit Jahrzehnten alle Welt kannte, hingeschieden ist und er meine Erinnerungen im Jenseits liest und orthographisch verbessert, jetzt ist es sowieso schon zu spät. Er war ursprünglich auch Jurist und hätte mir die Sache seinem Versprechen gemäß bestimmt unentgeltlich erledigt, aber wo finde ich heutzutage einen Juri-

sten, der mir das spendet, wo ich doch für diesen Zweck auch heutzutage kein Geld habe?
Wie ich dadurch ein „Herr von..." geworden wäre? Ganz einfach, und dazu ein echter „von", vielleicht sogar ein „Edler von... da und da", ein Mann mit einem schönen Doppelnamen wie z. B. ein „Ajtósi-Dürer" oder wie Männer unserer Tage. Wenn ich damals meinem Professor gefolgt wäre, könnte ich heute „Lendkereki-Schwungrad" heißen, ja sogar „Lengvári", weil wenn in dem „Schwungrad" vielleicht ein bißchen slawischer Einschlag vorhanden ist aus unbekannten Gründen, also „Schwungrad", dann sind wir schon richtig auf der Spur der Ahnen, ergo ist das „vári" berechtigt! Und wer hätte während der fünfziger Jahre darauf geschaut und geachtet, ob nun „i" oder „y", wo doch alles wichtiger war als die orthographischen Kenntnisse der Standesbeamten? Also könnte ich heute ein „Lengváry-Schwungrad" sein, und das ist doch sicherlich ein „von" und vermutlich ursprünglich auf Hundsleder geschrieben, und obendrein klingt es auch ganz musikalisch und angenehm, fast nobel, könnte man sagen. Denn im deutschsprachigen Westen schreibt man unsere ehemaligen Landsleute mit großer Vorliebe mit „von", ob begründet oder nicht – meistens nicht. In vielen Fällen sind es nicht einmal die Namen mit „i" oder „y" am Ende, die – wie die slawischen „itsch" und „witsch" – meistens dem deutschen „er" entsprächen. Eine gewisse Eitelkeit und Schmeichelei, meine ich. Komisch wird die Sache, wenn man in einer deutschen Illustrierten z. B. eine Anzeige von „Herrn M. von Meszaros" liest: Das ist doch sicher auch ohne Illustration so echt ungarisch, daß man die Originalität schon fast riechen kann. Na ja, nicht falsch verstehen, ich bin kein Naturalist und

meinte nicht die ungarische Aussprache nach deutscher Schreibweise, aber auch nebst deutscher Aussprache riechen meine heimischen Gefühle die Leberwurst und den Schwartenmagen...

Hoffentlich habe ich damit niemanden beleidigt, was ich auch gar nicht wollte, und habe es somit viel leichter als mein ehemaliger Chef, der europaweit bekannte Weinbauexperte Sándor Pettenkoffer mit Mátyás Rákosi. Der Allwissende war in der Angelegenheit der von ihm selbst geplanten Zitronenplantage zu Besuch bei dem aus fachlichen Gründen Ehrenparteimitglied-Genossen in Willand, und beim Gespräch in der Wohnung des Weines brachte Rákosi beim Genuß auch seine persönlichen Fachkenntnisse zum Ausdruck mit der Bemerkung: „Dieser Wein hat aber einen sehr guten Geruch!“ Der „Alte“, Pettenkoffer, war fast total taub, aber in Sache Wein hatte er ein ausgezeichnetes Gehör und war sehr heikel mit korrekten Bezeichnungen. Außerdem hatte er auch nur einen einfarbigen Mantel, noch von früheren Zeiten her, darum konnte er es sich nicht leisten, diese unkorrekte Charakterisierung des edlen Rebensaftes nur so in den Wind zu schlagen. Seine prompte Antwort lautete kurz und bündig: „Mein Führer, Sie müssen wissen: Einen Geruch hat der Scheißdreck, der Willander Wein hat einen guten Duft.“ Rákosi schätzte Fachkenntnisse, darum belohnte er seinen Gelegenheitslehrer mit einer Versetzung, wo er seine vielseitigen Fähigkeiten noch besser beweisen konnte. Ja, damals waren die Zeiten und die Verhältnisse so. Am leichtesten hatten es die, die ihren Namen gar nicht magyarisieren lassen konnten, wenngleich sie es schon gewollt hätten, wie z.B. die mit dem Namen Bősz oder

Nesz, weil die derart ungarisch waren, daß ihre Ahnen ohne Zweifel wahrscheinlich schon mit Urvater Árpád bei Verecke ohne Paß und Kompaß durch die Enge gekommen sind und während der ungarischen Geschichte höchstens mit einem kleinen Abstecher später in London im Dienste des Lord-Majors gestanden haben, wie das in der ungarischen Literatur im Werke des goldzüngigen Dichters János Arany zu lesen ist: „Felköttetem a lordmajort, ha bosszant bármi nesz." Wer braucht schon mehr Beweise? Und dabei ist nicht nur der König von England bös geworden, sondern mit diesem Namen konnte man auch daheim „vitéz" werden, wenn man Mut dazu hatte. Wie die Geschehnisse bewiesen haben, war beides nicht ganz ungefährlich.

Auch diejenigen hatten es leicht, die den kurzen Namen Lang oder Huber geerbt hatten, die brauchten nur Láng oder Hűbér zu schreiben, und durch diese kleine Verlängerung wurden sie auf die Dauer scheinbar Magyaren. Deshalb scheinbar, weil das gegen Enteignung nicht reichte, wie auch die echten magyarisierten Namen nicht gut genug waren zur Blitzableitung, aber mit diesen Namen konnte und kann man in Ungarn sogar Akademiker werden, bloß den dazugehörigen Kopf braucht man so nebenbei dazu, sonst nichts.

Und wenn man schon sowieso nichts hatte außer seinem von den Ahnen geerbten Namen, dann blieb man einfach das, was man eben war. So blieb und bleibe ich halt der Wastl Schwungrad, vielleicht mit immer weniger Schwung, aber immerhin grad. Nicht slawisch meine ich das „grad", sondern deutsch: Im Rückgrat grad.

12. Dezember 1992

EINE GROSSHERZIGE KLEINSTADT

(Offener Brief nach Wernau)

Lieber Herr Pfitzer,
ich war zunächst sprachlos, als Herr Bürgermeister Roger Kehle Ihr groß-kleines oder klein-großes Geschenk überreichte. An diesen zwei Worten komme ich nicht vorbei und meine damit das kleinformatige transportable EKG-Meßgerät großer Leistungsfähigkeit, das eben deswegen für den Zweck, dem es bei uns dienen soll und wird, bestens geeignet ist.

Ich war sprachlos und ergriffen und suche heute noch nach den richtigen Worten, um unseren aufrichtigen Dank aussprechen zu können. Dank Ihnen und allen Wernauer Bürgerinnen und Bürgern, die mit ihrer Spende die Förderung der Heiltätigkeit in unserer Gemeinde ermöglicht haben.

Wenn man im Ungarischen etwas als „hervorragend" bezeichnen will, dann sagt man, es spricht in sieben Sprachen. Als ich mich am Tag nach der Übergabe bei unserem Arzt erkundigte, wie das Gerät funktioniere, da sagte er mit strahlendem Gesicht: „Es spricht in acht Sprachen. Ich konnte mir nicht vorstellen, daß wir in so kurzer Zeit ein solches Gerät bekommen..."

Die acht Sprachen bedeuten natürlich die Gebrauchsanweisungen, charakterisieren aber auch zugleich das Gerät mit einem speziellen Superlativ zur Bezeichnung der höchsten Qualität. Dementsprechend schätzen wir, daß es auch nicht billig war, und da Ungarisch nicht unter den acht Sprachen vorkommt, können Sie leicht folgern, daß wir uns diesen Aufwand nicht hätten leisten können. Den

Wert des Gerätes erhöht noch die uns erwiesene Hilfsbereitschaft, und auch Ihr Wunsch, es möglichst wenig gebrauchen zu müssen. Das wäre auch unser Wunsch, aber leider! Ich persönlich war eben an dem Morgen der Übergabe an das „alte“ Gerät angeschlossen, das wir dank der tatkräftigen Hilfsbereitschaft von Herrn Wilhelm Schneider ebenfalls von Wernau bekommen haben und jetzt der Wakaner Gesundheitsstation übergeben können, weil die Leute ja dort auch krank werden. Das Gerät war bei Ihnen schon „in die Ecke gestellt“, funktioniert aber noch tadellos.
Dabei habe ich festgestellt, daß die alte Beobachtung auf Wahrheit beruht: Man kann sich nicht nur freuen, wenn man etwas bekommt, sondern auch dann, wenn man dem anderen etwas geben kann, denn unser Bürgermeister Gábor Gerlach und unser Arzt Dr. Péter Nagy freuen sich beide auf diese Möglichkeit.
Ich bin überzeugt, daß diese Freude der Beschenkung auch Ihnen sowie den Mitgliedern der DRK-Ortsgemeinschaft Wernau, den Zahnärzten, Ärzten, Bankiers und allen direkt oder indirekt Mitwirkenden von Wernau zuteil geworden ist.
In der Hoffnung, daß wir uns früher oder später auch persönlich kennenlernen, verbleibe ich dankend und hochachtungsvoll.

23. September 1995

ÚJPETRER IN OST-FRIESLAND

Reisebericht – mal anders

Man sollte gar nicht glauben, wieviel Unbilden in der Welt vorkommt. Siehe da, verschlägt es einen einzigen Bayern auf die Insel Rügen, wird aus dem Fall gleich eine Fernsehserie gemacht! Und wir – ein Haufen Újpetrer Schwaben und andere Ungarn – machen uns extra mit einem Sonderbus auf und fahren in das ferne Ost-Friesland, um uns Gewißheit zu verschaffen, und kein Hund kümmert sich darum! Also das können wir doch nicht dabei belassen!

Worüber wir uns an Ort und Stelle Gewißheit verschaffen wollten? Darüber, ob das Gerede von den Friesen wohl auf Wahrheit beruht... Hm, wie könnte ich es nur nachsichtsvoll und mit diplomatischer Feinheit sagen... Also, ob sie dort tatsächlich die Krähwinkler sind oder nicht. In den anderen deutschen Landen betet man nämlich beängstigt: „Gott gib, daß die Friesen nicht aussterben, sonst werden wir die Blöden!“ Das ist zwar ein Plagiat, weil ich bei den österreichischen Schwagern dasselbe Gebet in bezug auf die Burgenländer gehört habe, und dort konnte ich mich schon früher überzeugen, daß die Behauptung nicht stimmt. Darum war die persönliche Überzeugung in bezug auf unsere sich erfreulich entfaltenden internationalen Beziehungen und die gegenseitigen Vorteile von sehr großer Wichtigkeit. Ich muß aufrichtig gestehen, es lohnte sich, den weiten Weg zu machen.

Die Ost-Friesen sind nicht nur nicht blöd, sondern ganz im Gegenteil, sie sind sehr vernünftig denkende, praktische Leute, von denen auch wir ohne weiteres so manches lernen könnten, vor allem Pflicht-

gefühl, ruhige Ausgeglichenheit, heitere Lebensanschauung sowie Ordnungs- und Reinheitsliebe, letztere geht ganz bis zur Neigung zum Kitschigen, und diese Neigung ist ziemlich allgemein, sozusagen eine „nationale“ Eigenschaft. Ihre Wohnhäuser sind wie Schmuckkästchen, die Gepflegtheit des Gartens wird vielerorts von Gartenzwergen überwacht, familiäre Feierlichkeiten werden dem Außenstehenden durch kennzeichnende Zierate kundgegeben, damit auch er Teilhaber der Freude der Familie werden könne. Auch ansonsten sind sie sehr gastfreundlich, frohmütig, genauso wie wir, wahrscheinlich haben wir uns auch deshalb bei ihnen sehr wohl gefühlt.
Obwohl das Programm unsrer beiden Kulturgruppen sozusagen vollgestopft war, gab es doch auch zum Entspannen etwas Zeit. Ein einzigartiges Erlebnis bedeutete die Besichtigung der Windmühle, der weltberühmten Schiffswerft und des Schiffsmuseums in Papenburg, die fröhlichen, bunten und geistreichen Veranstaltungen des Bottermarktes, unser Auftritt in der Kirche von Ihrhove, das allabendliche gemütliche Beisammensein – alles, alles...
Was die Sprache anbelangt – da habe ich ganz interessante und besondere Feststellungen gemacht: Wenn sie sich auf friesisch unterhalten haben, da haben wir genausoviel davon verstanden wie sie, wenn wir miteinander Ungarisch gesprochen haben. Wenn wir uns aber miteinander unterhielten, da haben wir uns immer verstanden. Das beweist am besten der Fall unseres Freundes Nandi Kovács, der ein echter Stockungar ist. Der eine Gastgeber stoppte sein Auto in einigen Millimetern „Körpernähe“ vor Nandi, stieg aus und schüttelte unsrem Landsmann mit einem freund-

lich-heiteren, herzlichen „Mojn!" die Hand, dieser erwiderte etwas erblaßt: „Hát igen: Mojnem elütöttél!" (Ja, ja: Hast mich beinah umgefahren!)
Auch daraus kann man ermessen, daß wir keinerlei sprachliche Schwierigkeiten hatten, und das ist schon etwas. Ich glaube, im Westen ändert sich die Lage...

9. Oktober 1993

ANNONCE

Ich gebe jedermann bekannt, daß ich Pappenstiel kaufe. Ja, Pappenstiel. Jawohl, ich kaufe. Sie wissen nicht, was Pappenstiel ist? Na sowas! Gleich werde ich es erklären, ich bin ja auch interessiert daran, daß jeder versteht, worum es sich handelt.
Also Pappenstiel ist so eine Art Pappezeug, was die Kinder mit großer Vorliebe in die Luft blasen, und davon brauche ich den Stiel. Ihr wißt ja, auf die Analogie Pappenstiel – Besenstiel – Stielsäge usw. hat alles mit Holz und Holzverarbeitung zu tun.
Um noch verständlicher zu sein, es ist etwas, zu dem der Magyare sagt: „Fabatkát sem ér!“ Es ist also eine Art Muster ohne Wert. Dem ist aber gar nicht so. Zu mir hat man schon vor sechzig Jahren gesagt: „O du klaner Batka!“ Das ist der beste Beweis dafür, daß von etwas Minderwertigem die Rede ist – und seht, ein Wunder: Ich bin immer noch da!
Kapiert ihr schon? Nein? Na dann muß ich halt noch näher anrücken und rauskommen mit meinem Plan. Wenn ich es recht bedenke und wenn ich nicht schon von Geburt an so bescheiden wäre, könnte ich sogar Projekt sagen. Es handelt sich nämlich um ein sehr vielversprechendes Unternehmen. Ja, ja, um ein Unternehmen, genau.
Daß Pappenstiel nicht viel wert ist, sagt ihr immer noch? Bitte, laßt das mein Risiko und meine Sorge sein, 51 % der Aktien will ich ja sowieso in eigener Hand behalten, um das ganze selber ungehindert dirigieren zu können. Na ja. Und natürlich will ich auch dementsprechend vom Nutzen meinen Teil haben. Man kann nämlich mit einem enormen Nutzen, also, um mich fachlich auszudrücken, wie das bei uns Unternehmern so üblich ist, man darf mit einem enormen Profit rechnen, da es sich doch um

Energie handelt, was heutzutage ja bekanntlich ganz großgeschrieben wird. Ich weiß nämlich jetzt schon, woran ihr vielleicht noch gar nicht denkt: Der Winter kommt, und sogar im nächsten Jahr wird wieder Winter werden. Auf dieser frühzeitigen Erkenntnis basiert mein ganzes Vorhaben. Und was am Ganzen das Interessanteste und nie Erlebte ist: Ich habe gar keinen Anspruch auf Geld, ich brauche gar kein Geld dazu, denn ich selber habe ja auch keins, wenn ich das bisher vielleicht noch nicht erwähnt haben sollte. Es handelt sich nämlich um ein Bartergeschäft. Auch aufgrund meines selbstsicheren Gebrauchs der Fachausdrücke könnt ihr schon feststellen, daß ich auf diesem Gebiet kein Anfänger bin.

Selbstverständlich gebe ich keinen einzigen Forint für etwas, was von minderem Wert ist, gerade jetzt, wo unser seit jeher guter Forint vor der Tür der Konvertibilität steht und sein internationales Ansehen sich von Tag zu Tag hebt. Das wäre ja blöd von mir, und so ganz doof bin ich dann auch wieder nicht. Bleibt also das Bartergeschäft, anders geht's nicht. Ich kaufe trotzdem Pappenstiel, und zwar in großem Stil. Ich brauche das Zeug – jetzt muß ich Farbe bekennen –, also ich brauche das Zeug zum Heizen! Na, was sagt ihr jetzt? Gut, was? Daß ihr auch auf die Idee hättet kommen können? Na ja, man braucht halt so einen leichten Hauch von Genialität zur Sache, und das hat nicht ein jeder, das ist ja eben der Kern des Ganzen, sonst wären wir ja schon alle reich. Also Pappenstiel und viel! In kleiner Menge zwar wertlos, der Pappenstiel, aber ich werde ja alles im großen machen: Großes Wagnis, großes Sachverständnis, große Mengen, großer Umsatz weil große Nachfragen, einfach alles groß! Und natürlich großer Profit, wie ich das so nebenbei schon einmal erwähnen durfte.

Auf der einen Seite haben wir also den Pappenstiel als scheinbar wertloses Material, fast unnützes Zeug, auf der anderen aber gut bezahlten Kohlenstaub! Ha, jetzt seid ihr aber überrascht, was? Ja, ja, einfacher schwarzer und von Natur her prima staubender Kohlenstaub, den wir während des Sommers alle für den in Bälde konvertibel werdenden Forint gekauft haben. Ich persönlich wollte ja eigentlich Kohlen bekommen und hätte meinerseits auf den Staub gerne verzichtet, weil ich die Erfahrung gemacht habe, daß die Sprichwörter auch diesbezüglich die pure staubige Wahrheit aussprechen: Die Kohlen aus dem Staub herauszuwühlen oder den Staub von den Kohlen abzusondern, das ist gleich schwer. Ich habe nämlich schon beide Methoden studiert, Theorie wie auch Praxis. Es geht zwar, aber mit sehr großem Zeitaufwand, und als Rentner brauche ich die Zeit immer auch anderswo, z. B. beim Schlangestehen, wenn man etwas günstig bekommt oder bald überhaupt nicht bekommen kann, wie Kohlen. Dabei ist das Schlangestehen viel sauberer als das Kohlenstaubschaufeln. Man wird nicht schwarz, höchstens rot oder gelb.

Ich kaufe also Pappenstiel, aber nicht um Pappenstiel, sondern um Kohlen, die ich mit gutem Forint bezahlt habe und in Staubform feilbiete, und zwar im Rahmen eines Bartergeschäfts.

In erster Linie denke ich natürlich an ähnliche sachverständige Fachleute, wie ich selber bin, sagen wir an Bergbauingenieure, die die Briketts herstellen. Wenn ich vielleicht noch nicht gesagt haben sollte, es handelt sich vor allem um ungarische Briketts. Die ungarischen Briketts waren mal sehr gut, ich hab damit vor etwa einem halben Jahrhundert geheizt als Dreschmaschinenheizer. In jedes einzelne Exemplar waren die Buchstaben „DGT“ eingraviert, und als

ich meinen damaligen Herrn Chef, den Schmiedemeister und Dreschmaschinenbesitzer Szipl gefragt habe, was die drei Buchstaben bedeuten, hat er mir nach ganz kurzem Nachdenken sachverständlich erklärt: „D(es) G(ibt) T(ampf)!" Und tatsächlich, trotz der orthographischen Mängel hat es Dampf gegeben, und was für einen!
Herrje, wenn ich heute solche Briketts hätte! Wie schön die waren! Und wie hart! Wenn „der Alte" nervös war, was immer wieder vorgekommen ist, da war für ihn das Zerschlagen der Briketts das beste Beruhigungsmittel. Da konnte man mit dem mittelgroßen Hammer ganz gut draufschlagen, wenn man sich auf diese Weise beruhigen wollte. Hammer und Briketts waren vorhanden, den Dampf brauchte man in allen Mengen, und die Beruhigungstabletten waren sowieso noch nicht erfunden. Herr Szipl verstand das Zuschlagen als praktizierender Schmied sowohl mit blanker Faust als auch mit den Hämmern, aber er konnte seinen Zorn jederzeit gut ableiten, die Briketts hielten stand. Wann und wohin sind sie verschwunden? Die brauchte ich jedes Jahr. Man konnte sie im Vorratskeller gut aufstapeln, sie sahen aus wie die heutigen Bauklötze. Man könnte Wände bis an die Decke daraus bauen, und so den Raum bis zur nächsten Preiserhöhung bestens ausnutzen, ohne Staub zu machen. Scheinbar sind die damaligen Fachleute verstorben und haben das Rezept des Klebstoffs mit ins Grab genommen, oder? Dabei lese ich immer wieder von Brikett aus Sägemehl und anderen Holzabfällen, Weinreben und alles möglichem und unmöglichem Material, was auch ich liefern könnte als Weinbauer. Falls meine Kohleningenieure ihren Staub gleich zurückhalten würden, könnte man die Lieferspesen verringern und sie könnten mir gleich die Pappenstielgebühr liefern,

etwa in Form von umweltfreundlichen Briketts. Na? Wie wär's? Ich müßte mir dann jedenfalls eine Tür an meinen alten Heizkessel montieren lassen, möglichst mit der Anschrift

HOFHERR-SCHRANTZ DIE TÜRE ZU!

So stand es nämlich an der Türe des „Tambers“, und sicher ist sicher, die Briketts schmeißen große Hitze her! Da könnte das Rad unsrer Wirtschaft bald wieder in Schwung kommen, meint ihr nicht? Was den zu erhoffenden Nutzen anbelangt, da laß ich mit mir reden, und obwohl ich über 51 % der Aktien verfügen werde, will ich nicht unbedingt nach sozialistischer Weise brüderlich teilhaben, sondern bescheiden mit einer streng kapitalistischen Beteiligung zufrieden sein: fifty-fifty!

26. Oktober 1991

KEINE ENTSCHÄDIGUNG – GROSSE ENTTÄUSCHUNG

Na, wenn das mein Freint Seppi zur Hand bekommt und liest, dann krieg ich wieder meinen Teil von ihm, und mit Recht. „Wieso keine Entschädigung, lebt ihr denn nicht auch in Ungarn?“ wird er sagen. Na ja, ich muß zugeben, es ist meine Schuld, und das alles wegen einem fehlenden Buchstaben, einem verflixten „l“, das in der Eile weggeblieben ist. Ich wollte nämlich die Wörter „klein“ und „groß“ einander gegenüberstellen, um die ganze Angelegenheit besser zu veranschaulichen. Aber ich kann mir doch deswegen jetzt nicht den Kopf abreißen, nicht wahr? Und überhaupt, was weg ist, ist weg, und damit basta! Übrigens ist meine private Meinung, daß sich der Fehler mit der Zeit verringert, denn bis mein Schreiben zur Redaktion und dann vielleicht auch in die Druckerei kommt und vielleicht auch noch zum Leser, bis dahin erweist sich der Fehler als ein gewesener „L(uxus)“...

Als gewissenhafter Mensch kann und muß ich alle meine Behauptungen natürlich erklären, ganz hin bis zur Glaubwürdigkeit. Aber dazu muß ich zurückgreifen, weit-weit in die Märchenwelt der Gebrüder Grimm. Noch in meiner Kindheit habe ich das Märchen gelesen und habe es heute noch im Sinn:

„O Fallada, da du hangest...!“ sprach die zur Gänsemagd erniedrigte Königstochter zum angenagelten Kopf ihres getöteten Pferdes, und siehe, auch noch in diesem grauenvollen Zustand antwortete es voller Mitleid, wie sich das im Märchen für ein sprechendes Pferd gehört: „O Königstochter, da du gangest! Wenn das deine Mutter wüßte, das Herz

tät ihr zerspringen..."
Ja, ja, nur wär's bei uns mein Vater gewesen, dem das Herz zersprungen wäre, wenn er's erlebt hätte. Ich meine die Entschädigung. Und gleich zweimal wär' ihm das Herz zersprungen, wenn das überhaupt möglich wäre, aber dann mit großer Gewißheit. Einmal vor Freude, daß er nach seiner fünfundsiebzigmonatigen Gefangenschaft – erst war aus dem für eine Woche „geplanten" Arbeitseinsatz in der Batschka eine einjährige Zwangsarbeit, eine Verschleppung geworden, dann stellte sich bei der „Paßkontrolle" auf dem Heimweg heraus, daß er einen „Stempel" auf falscher Stelle, nämlich unter dem Arm, hat, und das kostete nochmals dreiundsechzig Monate Kriegsgefangenschaft – jetzt doch was bekommt, eine moralische Genugtuung, und darüber hinaus eine – höre und sage – ganz schöne Summe: sogar besser als später in der LPG.
Diese „schöne" Ursache zum Herzzerspringen hat er aber nicht mehr erlebt. So hat seine Witwe – meine Mutter – nach ihm als überlebende Gattin nur die Hälfte der Zertifikate – der Entschädigungsscheine – bekommen. (Rechnen Sie bitte mit, ich brauche am Ende Zeugen, daß ich Recht habe und richtig rechne!) Also rechtsmäßig: fünfzig Prozent. Diese bekamen wir aber erst dann, als man dafür nur noch die Hälfte kriegen konnte, also fünfundzwanzig Prozent. Des weiteren habe ich volle Verantwortung auf mir liegen. Ich habe zwei moderne, gut gebildete, normal und vernünftig denkende Neffen. Ich durfte zu damaliger Zeit vierzig Monate beim Militär und mußte nur zwei Jahre an der Hochschule verbringen. Sie mußten zwar fünf Jahre an der Uni schuften und konnten die Schönheiten der Militärzeit nicht genießen, aber ich dachte, sie haben die gleiche Ausbildung wie ich, und bat um ihren Rat. Sie sagten,

für fünfzig Prozent darf man die Scheine nicht vergeuden, die kommen noch hoch. Eine solche Antwort hatte ich erwartet, weil ich gleicher Meinung war. Meine Frau aber, die weder eine Hochschule noch eine Universität absolviert, sondern nur den gesunden Bauernverstand geerbt hat von den Ahnen, die meinte: „Möglichst dringend verkaufen, weil die noch weiter abwärts gehen werden!" Und sie bekam recht, leider, wie immer...

Heute weiß ich sogar, daß ich nicht nur verkaufen, sondern gleich Kartoffeln hätte kaufen sollen, dann hätten wir jetzt die Entschädigung hundertprozentig, vielleicht auch noch einen angemessenen Gewinn...

Der Kurs liegt jetzt bei zwanzig Prozent, das entspricht im Vergleich zum Ganzen (na schnell mal den Rechner her!)..., das macht ganze fünf Prozent! Also, was hab' ich gesagt? Diese lausigen fünf Prozent kriegen wir doch noch weg bis zum Erscheinen, oder?

Bei solchen Verhältnissen wäre meinem Vater das Herz zum zweitenmal zersprungen, aber diesmal gewiß nicht vor Freude...

Ich selber bin aus Verbissenheit Säufer geworden und benötige jährlich umgerechnet etwa acht bis neun Hektoliter Wein für meinen persönlichen Bedarf. Darum umgerechnet, weil ich Wein nicht besonders mag, obwohl ich den selber mache, demzufolge er natürlich auch gut ist, sehr gut sogar, ich aber täglich (und nächtlich) Milch trinke, und für einen Liter Wein genau einen Liter Milch bekomme... Ja, man will leben und soll leben lassen, es geht nicht anders...

Aber so leicht gebe ich mich nicht geschlagen! Während meiner Dienstzeit hieß es immer: Nicht nur kritisieren, sondern gute Vorschläge unterbrei-

ten, die weiterhelfen! Solche Ratschläge habe ich aus Vorsicht immer parat...
Da wäre einmal eine Maschinenfabrik zu gründen (hundertprozentig in staatlichem Besitz!), wo man für die Entschädigungsscheine Kleinmaschinen, Gartengeräte, Rasenmäher, Wurstspritzen, Musikinstrumente usw. bekommen könnte, lauter wichtige und nötige Sachen. Von jeweils drei, vier Arbeitslosenunterstützungen könnte man je einen Arbeitsplatz schaffen. Die Arbeiter bekämen guten Lohn und darüber hinaus jedes Jahr um einen günstigen Preis ein Gerät für sich oder zum Weitergeben. Na ja, es wäre kein Mercedes, aber immerhin auch eine Möglichkeit der höheren Produktenvermarktung. Obendrein alles umwelt- und regierungsfreundlich!
Nur so nebenbei: Man sollte auch manchmal einen Teller fallen lassen, möglichst sonntags. Ich meine, einen vom Service, damit ein neues gekauft werden muß, weil man doch dieses Muster nicht mehr auftreiben kann, und wie sieht es denn so aus, nur elf gleiche Teller, wenn zwölf Gäste da sind? Na ja, wenn wir einen wirtschaftlichen Aufschwung erreichen wollen, dann müssen wir auch unsere Opfer bringen!
Da hab' ich aber auch eine ganz besondere Idee: Wie wär's, wenn wir unsere Steuerpflichten mit den Entschädigungsscheinen begleichen würden? Die zweifellos umweltfreundlichste Methode von allen, die jedenfalls als weniger regierungsfreundlich bezeichnet werden kann, obwohl sie meines Erachtens mindestens so rechtmäßig ist, wie, sagen wir... eine Abfindung. Vielleicht ein bißchen egoistisch, aber ganz und gar nicht unmoralisch, denn ich meinerseits würde die Papiere nur zu ihrem Nominalwert anrechnen, die nun schon etwa siebzig Prozent würde ich großzügig dem Staat schenken, der muß ja schließlich auch seine Existenz haben, der kann ja

bei diesen hohen Zinsen auch nicht die nötigen Gelder bloß von den Schulden herauswirtschaften...
Na, Leit, was sagt Ihr zu meinen Vorstellungen? Doch nicht schlecht, oder? Und dabei alle gratis. Ich meine: Alles umsonst...

15. Juli 1995

ROMLÄNDER MITMENSCHEN

Romland? Was ist denn das? Das gibt's doch gar nicht!
Na und? Was nicht ist, das kann alles noch werden. Deutschland, England, Finnland hat's auch nicht immer gegeben, nicht einmal Griechenland. Soviel über das Historische und Geographische.
Was das Sprachliche und Ethnographische anbelangt, da sind die Beweise noch einleuchtender: „Rom“ bedeutet Mensch, (Ehe)mann, und „Land“ glauben wir alle zu verstehen, so könnte also Romland „Menschenland“ heißen.
Um den Titel leichter zu verstehen, könnte ich ja einfach „Zigeuner“ schreiben, aber das wäre keinesfalls zeitgemäß. Erstens ist da das Ausland. Freunde aus Deutschland haben mich schon vor Jahren gefragt, ob man diese Bezeichnung bei uns überhaupt noch gebrauchen darf. Ich habe ihnen geantwortet, daß man bei uns während der sechziger Jahre von einem Tag auf den anderen verboten hat, das Wort „Analphabet“ als Bezeichnung einer Person zu gebrauchen, und trotzdem gibt es auch heute noch Leute bei uns, die nicht lesen und schreiben können.
Inzwischen ist aber auch hierzulande eine diesbezügliche Änderung eingetreten. Insbesondere die Politiker und die Medien sind heikel hinsichtlich korrektem Sprachgebrauch, vor allem, was die nationalen und ethnischen Minderheiten anbelangt.
Gott behüte mich also, daß ich die Gefühle dieser meiner Mitmenschen verletze, nicht etwa aus Angst vor dem Ombudsmann unser aller, da ich ja selber nicht nur von Herkunft, sondern auch praktisch höchstpersönlich ebenfalls einer Minderheit angehöre. Dabei möchte ich aber unterstreichen, daß meine

„Helden“ alle ungefälschte Zigeunersleute waren, Alltagsmenschen wie du und ich noch aus jener Zeit, da es weder einen Ombudsmann noch Minderheitenselbstverwaltungen gab.
Und da gibt’s noch etwas: das Internet.
Wir müssen doch Schritt halten, und früher oder später werden die Nachkommen auch in diesem internationalen Netz die Daten der Vorfahren lesen wollen, etwa in der Form: www.(Punkt!)/romland.(Punkt!)/hu – Das „hu“ ist von besonderer Bedeutung und Wichtigkeit, denn davon weiß man, daß hier von (hu)nseren Mitmenschen, von Mitbürgern der (Hu)ngarndeutschen die Rede ist, egal, wie wir sie nennen.

1999

KUKA, DIE STUMMIN

Wenn ich so zurückdenke, wann und wie meine Zweisprachigkeit angefangen hat, dann fällt mir eine taubstumme Zigeunerfrau ein. Meine Mutter nannte sie immer die Stummin, aber im allgemeinen nannte sie groß und klein im ganzen Dorf, aber auch in den Nachbardörfern nur die Kuka. Ihren richtigen Namen kannten wahrscheinlich die wenigsten.

Dieser Rufname war wohl das erste ungarische Wort in meinem Wortschatz, und ich hatte lange Zeit hindurch gar keine Ahnung, was es bedeutet, obwohl ich natürlich wußte, daß sie taubstumm war. Stockstumm, aber nicht deppert oder – wie man heutzutage sagt – doof. Nein, das war sie nicht. Sie konnte sich mit den Leuten unterhalten, ihre Gefühle zum Ausdruck bringen, und das hat sie auch getan, wenn sie beim Betteln vorbeigekommen ist.

Wovon sich die anderen ihrer Artgenossen, hauptsächlich nahe Verwandte, durchs Leben geschlagen haben, weiß ich bis heute nicht, weil sie am anderen Ende des Dorfes gewohnt haben. Ich könnte auch sagen „gehaust“, aber das würde schon nicht ganz zutreffen, denn insgesamt standen da zwei aus Reisig und Ästen geflochtene Häuschen mit Lehm verputzt und mit Kalk geweißelt, mit je bloß einem einzigen Innenraum. Da wohnte die ganze Familie, so bis an die acht bis zehn Personen. Die einzige hauptberufliche Bettlerin aber, die Kuka, hatte eine echte natürliche Hütte, etwas abgelegen von den anderen, gleich am Wegrand. Die Hütte bestand aus einem Holzgestell von stärkeren Ästen, darauf eine dicke Schicht Stroh, Sträucher, Wildpflanzen, Blechstücke und alles mögliche, aber alles sollte gegen die ungewünschten Kräfte der Natur Schutz bieten, so gegen heißen Sonnenschein, kalten

Wind, Regen und Schnee. Diesen Erwartungen konnte die Hütte entsprechen, aber zum Heizen war sie nicht geeignet, weil der Fußboden des Inneren, vor allem die Ruhestätte, mit Stroh bedeckt war. Das spielte aber gar keine Rolle, weil Kuka ja sowieso keinen Ofen hatte. Der Herd für ihr einziges Reindl bestand aus zwei ziemlich großen Steinen, die das ganze Jahr hindurch nebeneinander vor der Hütte lagen. Da kochte sie sich von dem Rohmaterial, das sie sich zusammengebettelt hatte. Sie kam immer nur an sovielen Häusern vorbei, wie sie für einen Tag nötig hatte. Von Hamsterei war sie nicht angesteckt, Vorräte hätte sie auch nicht aufbewahren können, denn sie hatte keine Speisekammer, und der Kühlschrank war bei uns noch nicht erfunden. Die einzige Methode zur Konservierung war das Räuchern, und der Rauch konservierte in erster Linie die Kuka selbst, vor allem ihr Gesicht. Dieses hat schon in meiner Kindheit so ausgesehen, als wenn meine Mutter im Sommer die nach dem Brotbacken in den Backofen gelegten Zwetschgen wieder rausgeholt hat: Die Hutzeln waren runzlig, ungewaschen, von der Asche graubraun, aber zäh und widerstandsfähig. So war das Antlitz der alten Zigeunerin, als sie mich als Kleinkind auf die Arme nahm, und genauso war es auch zwanzig Jahre später, als ich ihr auf dem Gehsteig meines Heimatdorfes als Soldat begegnet bin. Die Stummin hat mich gleich erkannt und durch unartikulierte, gurgelnde Laute und Gebärden mit beiden Händen gezeigt, daß es noch gar nicht so lange her ist, als sie mich in den Armen gehalten hat, und jetzt bin ich ein erwachsener Mann. Dabei sind ihr die Freudentränen über das runzelige Gesicht gerollt. Man hatte mir oft erzählt, daß ich in ihrem ganzen Bettelbereich das einzige Kind war, das den ausgestreckten Armen der stummen Zigeunerin freudig entgegeneilte. Auch daran konnte sie sich noch erinnern, daß ich sie oft verteidigt habe, wenn Spielkameraden sie verspottet oder Hunde auf sie gehetzt haben. In solchen Fällen streckte sie die Arme gen Himmel, schüttelte die geballten Fäuste und fluchte im Innern sicher über ihre Bosheit...

Ich weiß nicht, wann sie das Betteln aufgegeben hat. Wo sie jetzt ist, wird sie wahrscheinlich freie Kost und Quartier haben...

Reden und Kommentare

Inoffizieller Nachruf

Konrad Hartmayer, unser aller „Onkel Konrad", ist tot. Ich weiß nicht, von wem und ob überhaupt ein offizieller Nachruf erscheinen wird, aber diesen inoffiziellen möchte ich ihm ohne die üblichen Personalien, mich bloß auf seinen Namen und auf meine Erinnerungen stützend, widmen.

Obwohl er aus Wudersch/Budaörs stammte, geriet er vor dem Krieg in die Branau, nach Schomberg. Mit großem deutschen Stolz erzählte er oft, daß hier auch der bekannte ungarische Dichter Márton Kalász, damals noch mit dem Namen Krisztmann, sein Schüler war. Heute kann ich schon gestehen, daß ich ihn darum beneidet habe, denn ich wußte auch schon so manches über diesen ehemaligen Schüler, unter anderen von meinem hochgeschätzten Sprachlehrer Dr. Rónai. Wie angenehm überrascht war ich also, als sich bei einem Gespräch herausstellte, daß sich beide kennen. „Der Rónai Béla?" fragte Konrad bácsi. „Den kenne ich gut. Wir waren zusammen in der Gefangenschaft in Dänemark, ich als Kriegsgefangener, er als verschleppter Levente. Der Béla war derartig ehrlich und anständig, daß er verhungert wäre, wenn ich ihm nicht etwas erhandelt oder geklaut hätte. Der hat nichts angerührt, was nicht ihm gehörte!" Für dieses Klauen habe ich Konrad noch mehr liebgewonnen als bislang...

In der Nachkriegszeit kehrte er nach Schomberg zurück, aber nur für kurze Zeit. Der Kantorlehrer, der sich unter den damaligen Verhältnissen in Schomberg die Kühnheit erlaubte, in der Kirche deutsch zu singen, der mußte weg. So kam er nach Ahlaß/Olasz bzw. Hidor, das nun seine „neue Heimat" wurde. Auch hier wirkte er seiner Überzeugung entsprechend, kämpfte mit seinen Mitteln um das

Recht der Schwächeren, half ihnen mit Rat und Tat. Die Pensionierung bedeutete vorerst nicht den Ruhestand für ihn, später aber kam er nochmals nach Schomberg in das „Kastell". Die Leiterin des Heimes, Frau Michelisz, antwortete auf meine Frage das, was ich sowieso wußte: „Man konnte jederzeit mit ihm über Alltagsprobleme reden, er war immer hilfsbereit und aufgeschlossen für jeden."

„Nomen est omen" heißt es im alten lateinischen Spruch, und ich glaube kaum, daß wir jemanden finden könnten, dessen Name sein Leben so widerspiegeln würde, wie es bei Konrad bácsi der Fall ist. Konrad bedeutet im Altgermanischen „Kühnrat", und wahrlich: Er war kühn in seinen Taten, wenn es sein mußte, gab seinen Mitmenschen gute Ratschläge, wenn sie diese brauchten. Er war hart, aber konsequent als Lehrer und ein sorgender Verwalter der ihm anvertrauten Leute. Mit seinem Leben verwirklichte er seinen Namen.

Nun fand er am 18. April in Ahlaß-Hidor seine endgültige Heimat. Symbolisch betrachtet wacht er in seiner Ruhestätte über die Gemeinde. Er mußte zwar vor dem Tod die Waffen strecken, aber seine Ansichten leben in seinen Nachkommen und Schülern fort...

2. Mai 1998

*Konrad Hartmayer war jahrzehntelang Mitglied des Landesausschusses des Verbandes der Ungarndeutschen.

Sehr verehrte Trauergemeinde!

Georg Fath, unser aller Gyuri bácsi, ist tot. Wir wußten schon lange, daß er schwerkrank war, die Nachricht kam doch überraschend.
Wer war, wer ist für uns Georg Fath?
Das Sprichwort besagt: „Nomen est omen“, im Namen liegt eine Vorbedeutung. Georg bedeutet „Bauer“, und Gyuri bácsi blieb trotz aller Schicksalschläge im tiefsten Herzen immer das, was er von Geburt her war: ein braver und tüchtiger, treuer ungarndeutscher Bauerssohn. Er war bescheiden und doch selbstbewußt, aufgeschlossen und hilfsbereit, ernst und trotzdem voller Lebensfreude und Humor.
Schon als junger Bauerssohn interessierte er sich für die Probleme der Gesellschaft, wirkte in Wort und Schrift für den Fortschritt seiner Volksgruppe. In der Zwischenkriegszeit machte er seine ersten Versuche als ungarndeutscher Dichter, und diese waren vielversprechend. Doch das Schicksal wollte es vorerst anders: Der Krieg und seine Folgen waren der größte Schlag, den er erleiden mußte. Er mußte das geliebte Heimatdorf verlassen und eine neue Existenz aufbauen.
Auch unter solchen Umständen ließ er das Schreiben nicht. Er verfaßte seine Gedichte erst nur für sich selber, später auch für das Publikum. Den durchschlagenden Erfolg erreichte er im Jahre 1973 anläßlich des Aufrufs der Neuen Zeitung „Greift zur Feder!“, wo er mit seinem Gedicht „Márok“ den ersten Preis erzielte und seinem Heimatdorf ein bleibendes Denkmal stellte. Seine Gedichte im Sammelwerk „Tiefe Wurzeln“ und sein selbständiger Gedichtband „Stockbrünnlein“ sind wie er selbst: Ein schlichter Mann aus dem Volk. Von da an bis zu

seinem Tod war er der Doyen der ungarndeutschen Dichter. Man hörte immer auf seine Ratschläge, seine schon schwache und meistens heisere Stimme gebot immer Achtung. Er war der Einzige von uns, der bei Kriegsausbruch in Jugoslawien sein Wort erhob. Georg Fath bekam mehrere Anerkennungen und Auszeichnungen, aber die höchste und wohlverdienteste, die er in seinem 90. Lebensjahr bekommen hat, und die wir alle früher oder später bekommen werden, ist das Holzkreuz als Zeichen eines Wiedersehens.
Gyuri bácsi, ruhe sanft in Frieden!

Fünfkirchen, den 11. 2. 1999

Liebe Hörerinnen und Hörer!

In einer Werbung heißt es: „Gut ist uns nicht gut genug!“ Das können wir uns auch bei den Kommunalwahlen vor Augen halten. Wir brauchen die Besten als unsere Interessenvertreter. Welche sind unsere schon erwähnten spezifischen Interessen? Vor allem die Bewahrung unserer Werte: Sprache, Bräuche, Sitten, also unser ungarndeutsches Volkstum. Was alles bedeutet das? Über die Bewahrung obiger Werte hinaus auch richtige Volks- und Vaterlandsliebe, Treue zur Heimat und Streben zum Besseren. Mit diesen Zielstellungen bewahren wir die Ehre unserer Vorfahren und bauen die Zukunft unserer Nachkommen – und haben somit weder als Wähler noch als Kandidaten und Interessenvertreter nichts zu befürchten. Darum wiederhole ich den Aufruf zur mutigen Stellungnahme und Meinungsäußerung anläßlich der Kommunalwahlen.
Jede Wählerin und jeder Wähler muß wissen, es ist nicht so, wie zu Zeiten unserer Großväter bei den damaligen Kommunalwahlen. Bei uns erzählt man die damals charakteristische Anekdote in der Form einer kurzen und bündigen Feststellung: „Wenn ich noch e’ Faß Wei ghot hätt, noch wär heint ich ter Richter, un net ter Lautersch Hannes!“
Heute sind die Voraussetzungen der Kandidaten gleich, und keiner von ihnen tritt um persönlicher Vorteile willen in den Ring, sondern für und um die Verwirklichung gemeinschaftlicher Rechte und Ziele, um all das zu bewahren und zu fördern, was an geistigen Gütern und moralischen Werten wir noch unser gemeinschaftliches Erbe und Besitztum nennen können.
Also, liebe Landsleute, wohlan an die Wahlurnen am 11. Dezember bei den Kommunalwahlen, und gebt

eure Stimme für die Kandidaten des Ungarndeutschtums, die Vertreter eurer spezifischen Interessen, ab, die sie aber nur mit Hilfe eurer Stimmen werden können! Wir wollen sehen...

1994

Liebe Hörerinnen und Hörer!

Als Archimedes auf sein Problem in Zusammenhang mit der Auftriebskraft die Antwort gefunden hatte, da war er plötzlich sehr erfreut. Man sagt, er soll vor Freude wie ein Verrückter aus der Badewanne gesprungen und so wie er war durch die Stadt gelaufen sein und dabei geschrien haben, „Heureka! Heureka!"
Auch wir hätten einen Grund, uns ähnlich zu freuen und zu äußern: „Wir haben es! Wir haben es!" Ich meine das Wahlrecht, das wir schon immer haben wollten und mit dem wir in der jetzigen Form in den Besitz einer Möglichkeit gelangt sind, die als Auftriebskraft dienen kann, um uns aus dem Sumpf erheben zu können.
So mancher wird sagen, wir hatten auch bisher ein Wahlrecht gehabt, aber das stimmt nicht. Wir hatten höchstens S t i m m r e c h t, das Recht „Ja" zu sagen auf solche Fragen, die längst entschieden worden waren ü b e r u n s aber o h n e u n s. Ein „Nein" zu sagen war nicht ratsam, und nichts zu sagen war aus Prestigegründen schon gar nicht erlaubt. Es ging um das Ansehen des Regimes, und dazu waren 99,98 % die erwünschte Norm, wozu man 9996 exakte „Ja"-Stimmen brauchte und ein-zwei durch Zunicken oder ein verständnisvolles Augenzwinkern zum Ausdruck bringen konnte. Die nichts mehr deuten konnten, die bedeuteten die Glaubwürdigkeitsrate...
Na, kurz und gut, wir durften, besser gesagt, wir mußten a b s t i m m e n, obwohl wir doch lieber wählen wollten. Und nach langer Zeit sind wir jetzt endlich in der Lage, unseren Willen zum Ausdruck zu bringen. Wir haben die Wahl und die damit verbundenen Unbequemlichkeiten. Als erste solche ist

das anstrengende Überlegen, dann muß man den oft fehlenden Mut aufbringen, seine Meinung zu äußern. Das deutsche Sprichwort sagt: „Wer die Wahl hat, der hat auch die Qual.“ Wir Ungarndeutschen haben sie sogar doppelt: Bei der Entscheidung allgemeiner Fragen wollen wir als gleichberechtigte Staatsbürger m i t b e s t i m m e n, in unseren spezifischen eigenen Angelegenheiten als Zugehörige unserer Nationalität wollen wir selber b e s t i m m e n.

Zur Verwirklichung dieses zweifachen Zieles haben wir zahlreiche Kandidaten, die geeignet zu sein scheinen, sowohl unsere a l l g e m e i n e n als auch unsere s p e z i f i s c h e n Interessen zu vertreten bzw. Ziele zu verwirklichen. Deshalb ist es unser aller Recht und Pflicht, an den Kommunalwahlen am 11. Dezember teilzunehmen und unsere Stimme auf die von uns für die Besten gehaltenen Kandidaten abzugeben. Das ist auch diesmal eine Prestigefrage, aber jetzt die unsrige, besonders eine der Intelligenz ungarndeutscher Herkunft. Also sage ich: Liebe Landsleute, wohlan!

1994

Meine sehr verehrten Damen! Sehr geehrte Herren!

Es ist eine sehr große Ehre für mich, Sie hier am traditionellen Schwabenball des Leőwey-Gymnasiums im Namen der Branauer Sektion des Verbandes der Ungarndeutschen begrüßen zu dürfen. Ich kenne den Spruch von den langen Würsten und der kurzen Predigt, aber gestatten Sie mir trotzdem, daß ich einige Worte sage und einige Gedanken über uns selbst und unsere diesjährigen Anliegen und Aufgaben äußere.

Vor einigen Wochen behauptete ein Bekannter von sich, er sei trotz seines magyarisierten Familiennamens immer, auch in den sturmvollen Zeiten, ein tausendprozentiger Deutscher gewesen. Ich meine, solcher absurden und blödsinnigen Qualitäten kann und will sich keiner von uns rühmen, denn viele von uns entsprechen nicht einmal den Anforderungen, ein hundertprozentiger Deutscher zu sein, auch ich nicht. Deshalb fühlen wir uns nicht als minderwertig, denn wir tun unsere Pflicht als steuerzahlende Staatsbürger, als lernende Schüler und Studenten und haben das Recht, uns nach getaner Arbeit nebst Gesang und Tanz gemeinsam wohlzufühlen. Das ganze Jahr hindurch stellen wir unsren Mann in den alltäglichen Verpflichtungen, jetzt, während der Faschingszeit, erholen wir uns auf diese Weise, friedlich und fröhlich. Der deutsche Dichter sagt: „Wo man singet, laß dich ruhig nieder, Bösewichte haben keine Lieder!" Das ist ein klares, beruhigendes Wort für uns und für jedermann. Diese Schwabenbälle sind in Ungarn seit Jahrzehnten die einzigen Veranstaltungen, wo sich keiner wegen der Benennung schämt, wo jeder teilnehmen kann, ohne seine deutsche Herkunft beweisen zu müssen, und das ist gut so. Wir sollten aber endlich erkennen, daß dies allein

heute nicht mehr ausreicht. In diesem Jahr kommt es zu den Parlaments- bzw. zu den Kommunalwahlen. Wie schön wäre es, wenn landesweit all jene ihr Deutschtum, ihre deutsche Identität durch entsprechende Stellungnahme zum Ausdruck bringen würden, die an den Schwabenbällen teilnehmen. Ich wäre sogar mit dem zahlenmäßigen Ergebnis im voraus zufrieden... sowohl bei den Wahlen als auch bei der nächsten Volkszählung, denn das würde bedeuten, daß das Ungarndeutschtum noch lange nicht ausstirbt... Wenn ich die Reihen der Teilnehmer so betrachte, fällt mir unwillkürlich ein Werbetext, ein Slogan aus dem deutschen Fernsehen ein: „Auf diese Steine können Sie bauen – Schwäbisch-Hall". Als zukünftige Eltern bilden Sie, meine lieben jungen Damen und Herren, jene Steine, jenes Fundament, auf die wir unsere Zukunft als Ungarndeutsche, also als deutsche Bürger unseres ungarischen Vaterlandes, bauen wollen, mit Ihrem Wirken steht oder fällt unsere Nationalität!
Jetzt aber wünsche ich Ihnen gute Lust und viel Vergnügen mit einem „Lustig auf!" und „Vivat!"

1994

Wertes Publikum! Sehr geehrte Damen und Herren!

Ein alter orientalischer Spruch lautet etwa folgendermaßen: Um an einem Ort einen Tag hindurch weilen zu können, langt ein Fisch. Willst du dich auf ein Jahr niederlassen, dann säe Hirse. Wenn du einige Jahrzehnte da verbleiben willst, dann pflanze Obstbäume an. Willst du aber, daß dein Name und dein Geschlecht für Jahrhunderte erhalten bleibe, dann erziehe Kinder!
Heute können wir schon mit gutem Recht behaupten, daß unsere Ahnen all diese Phasen durchgemacht und sich auf die Dauer niedergelassen haben, da wir als Volksgruppe nun schon seit Jahrhunderten in diesem unseren Vaterland existieren. Inzwischen haben sich aber nicht nur die Lebensbedingungen und die wirtschaftlichen Verhältnisse geändert, sondern auch die politischen und gesellschaftlichen Umstände sind anders geworden. Unsere Ahnen haben ihre Kinder erzogen in ihrer Muttersprache und nach ihrem Glauben, den alten Bräuchen und Sitten gemäß, im Kreise der Familie, nebst ständigem persönlichen Kontakt. Meine eigene Generation gehört noch zu jenen, die erst in der Schule eine zweite Sprache besser oder schlechter erlernt hat. Einen Kindergarten gab's in unseren Dörfern überhaupt nicht. Und trotzdem konnten es unsere Kinder zu etwas bringen, weil sie von Familie und Schule so erzogen worden sind, daß sie im Leben zu etwas taugen. Ich möchte aus diesem Dorf nur einen einzigen ehemaligen Bekannten und Freund erwähnen: Professor Dr. Franz Selymes, der vor kurzem verstorben ist und ein gebürtiger Nagypaller war. Trotz der Magyarisierung seines Namens leugnete er nie seine Herkunft und blieb seinem deutschen Volke und seiner Muttersprache treu.

Heute ist die Lage umgekehrt. Jeder weiß, welche Änderungen nach dem Zweiten Weltkrieg eintraten und was sie als Folge hatten. Befehle und Verbote, Zwangsaussiedlung und Enteignung führten zur Furcht und zum Verstummen, schließlich zum Vergessen der Muttersprache, und die vielen gemischten Ehen beschleunigten noch diesen Prozeß. Die politischen und gesellschaftlichen Umwälzungen der letzten Jahre und die damit verbundenen wirtschaftlichen und sonstigen Beziehungen ließen deutlich werden, daß man die deutsche Sprache braucht, man kam zur Erkenntnis, daß unsere eigentliche und ursprüngliche Muttersprache in diesem Raum Europas unentbehrlich ist.
Diese Erkenntnis des Einzelbürgers und des Staates tragen dazu bei, daß solche Institutionen ins Leben gerufen werden. Mögen sie alle, und so auch dieser Kindergarten, zur Förderung der deutschen Sprache und dadurch zum allgemeinen Wohle und zur sicheren Zukunft unseres Volkes beitragen. Das liegt in erster Linie an jenen Menschen, die in seinen Wänden wirken werden. Gott gebe ihnen Kraft, Gesundheit und die nötige Begeisterung dazu.

Nagypall, 1991

Für die Bühne

PFÄNDERSPIEL

Personen:
Lehrer *(ein Mann mittleren Alters)*
Hansi
Seppi *(13-14jähriger Schüler)*
Heinrich
Franzl *(11-12jähriger Schüler)*
Schüler im Dienst
(Spielzimmer in einem Kollegium für Grundschüler. Herbstnachmittag. Pause zwischen Mittagessen und Lernen. Die Darsteller sprechen in der Hochsprache, aber der heimische Dialekt schlägt immer wieder durch.)

Lehrer: (Er nimmt teil an dem Spiel der Kinder, seine Anwesenheit aber schüchtert sie etwas ein.) Als Richter verordne ich hiermit, der Gerichtsvollzieher soll mit der Vollstreckung der Urteile beginnen.
Hans: (Steht beim Tisch, die rechte Hand hält er unter dem auf dem Tisch liegenden Hut. Zeremoniell, nachdrücklich.) Wem g'hört das Pfand in meiner Hand? Was soll der Eigentümer tun?
Lehrer: Er soll ... sagen wir ..., er soll ein kurzes Gedicht rezitieren von..., von Nikolaus Lenau!
(Alle achten gespannt auf Hansi)
Schüler: (Klopft an der Tür und tritt ein, in amtlichem Ton.) Herr Lehrer, eine Dame möchte dringend sprechen mit Ihnen!
Lehrer: Gut, ich komme sofort. *(Schüler weg)* Heinrich sei der Richter, bis ich zurückkomme. Einverstanden?
Alle: (Freudig, etwas erleichtert.) Ja, Herr Lehrer! (Lehrer geht.)
Franzl: (Eine Weile schaut er dem Lehrer nach.) Jetzt sollt ihr aber nicht immer rezitieren lassen.

Immer nur Goethe und Schiller und Johannes R. Becher und wie sie schon alle heißen. Nachmittag möchte ich lieber über etwas unbekümmert lachen!
Seppl: Der Kleine hat recht, ich stimme zu.
Hansi: (Schaut auf Heinrich, dieser nickt einwilligend.) Wem g'hört das Pfand in meiner Hand? Was soll derjenige tun?
Heinrich: (Würdevoll) Er soll..., er soll ein Lied singen. Hochsprache oder Dialekt, das ist egal.
Hansi: (Zieht seine Hand hervor und zeigt ein kleines Taschenmesser auf.)
Franzl: Ach, das ist mein Pfand! Was soll ich aber singen? ... Mein Messer lasse ich euch keinesfalls. *(Er räuspert sich, dann singt er, alles mit unmißverständlicher Mimik begleitend:) (Er hockt und ächzt. Weiter aufstehend und alles nachahmend, ächzend, usw.)*
In d'kriene Wiese
hockt 'n Mann u' sch...e...e...
Kemmt tie Nochpesch Lies'l
nimmt 'n Staa un' schmeißt...
Puff! – Ojjajjajjaj!
Hä'sst tu net ke....e...e.. (ächzt)
hätt' ich net keschmissen! He!
(Er stampft und wirft die rechte Hand in die Höhe, auf Beifall wartend.)
Alle: (Klatschen, lachen, jubeln) Bravo, Kleiner! Gut war's, Kleiner! Hast dein Messer.
Heinrich: Na, machen wir weiter!
Hansi: (Steckt die Rechte wieder unter den Hut.) Wem g'hört das Pfand in meiner Hand? Was soll derjenige tun?
Heinrich: Er soll etwas erzählen, worüber man lachen kann!
Hansi: (Zeigt diesmal einen Kugelschreiber auf)
Seppl: Gott sei Dank, daß ich nicht singen muß! Ich

erzähle euch, aber ihr müßt mitmachen! Früher, als mein Vater noch Elementarschüler war, sind die Schwaben von weit und breit durch unser Dorf nach Marjut gepilgert, zu Fuß natürlich. Da war immer eine Vorbeterin dabei, die anderen beteten nach. Jetzt werde ich der Vorbeter sein, und ihr sagt es nach, gut? Der Hansi kennt die Geschichte, der wird schon eingreifen. Also:

Seppl: O Maria...	Die anderen: Oh Maria....
...... hilf uns all'n...	hilf uns all'n... ...
... mir sen ja von...	mir sen ja von...
... Tschatalje all...	Tschatalje all...

Hansi: Ja, in Treck, ti Hälft is toch von Kara!
Alle: (brechen in ein lautes Gelächter aus)
Heinrich: (Winkt) – Weiter, Hansi!
Hansi: (Wie bisher) – Wem g'hört das Pfand in meiner Hand? Was soll derjenige tun?
Heinrich: Er soll einen Witz oder eine Geschichte erzählen!
Hansi: (Zeigt einen Geldbeutel auf.)
Heinrich: Oh weh, da habe ich mich selbst verurteilt! No ja, was zu machen? Das habe ich vom Großvater gehört: Ihr Lehrer hatte sehr schönes Kraut im Garten. Fragt sein Nachbar: Herr Lehrer, wieso gedeiht bei Ihnen immer so schön das Kraut, und bei mir wird's nichts. Wir sind doch benachbart... „No ja", sagt der Lehrer, „das mag davon kommen, weil mein Garten hinter dem Häusel ist..." Der Nachbar ist überzeugt. Bei der ersten Gelegenheit sagt er zu seinem Nachbarsjungen: „Loisi, wenn ihr sowas firhot, wos ti anern Leit net seche selle, kennt ihr ketrost in mein Koate ken..." „Och, Steffl Vetter", secht tr Loisi, „wenn ihr eire Maul aufkemocht hätt', mir hätte schon lang neigemocht..."
Alle: (Riesiges Gelächter, Zurufe): Gut war's, Herr

Richter!
Heinrich: Weiter, Hansi!
Hansi: (Wie bisher) Wem g'hört das Pfand in meiner Hand? Was soll derjenige tun?
Heinrich: Er soll etwas Lustiges singen!
Hansi: (Er zieht seine Hand langsam heraus und zeigt einen Schlüssel auf, welcher ihm selbst gehört. Einwilligend.): Gut, ich singe, aber nur, wenn ihr auch mithelft!
Alle: Gut! *(Sie stellen sich auf, vorne Hansi, dann Heinrich, Seppl, Franzl. Sie legen die Hände auf die Schulter des anderen. Sie schreiten vorwärts und rückwärts, knicken, hüpfen, usw.)* ein-zwei-drei-vier! *(Gleichschritt)* Oh Baby! – Oh Baby – Oh Baby, Baby – bala *(Vier Schritt vorwärts)* Die Olga..., die ist ja..., die ist ins Klo nei-g'falla! *(Vier Schritt rückwärts)* Ein Meter..., zwei Meter.., drei Meter ist sie ... – gsunke... *(Knicken) (Aufwärts)* Mensch hat die...., Mensch hat die..., Mensch hat die aber – g'stunke! *(Auseinanderhüpfend)* P-h-ü-ü-ü!
Franzl: (Geht ans Fenster.) Ich öffne das Fenster, weil mit euren Narrheiten habt ihr die ganze Luft verdorben! (Er öffnet das Fenster.) Achtung, Jungs, der Chef kommt!
Heinrich: (Winkt Hansi zu.)
Hansi: (Gleichmütig, ernst) Wem g'hört das Pfand *(Lehrer tritt ein)* in meiner Hand? Was soll derjenige tun?
Lehrer: Bin ich nicht zu spät gekommen?
Seppl: Nein, Herr Lehrer!
Lehrer: Gut. Heinrich, mach's nur weiter!
Heinrich: (Ernsthaft) Er soll... er soll etwas Wahres erzählen.
Hansi: (Zeigt den Kugelschreiber des Lehrers auf.)
Lehrer: Na gut, erzähle ich aus der Zeit der Großväter. Das war noch damals, als die Zeit noch kein

Geld war. *(Starke Stimme einer elektrischen Klingel ist hörbar.)* Leider geht das heute nicht mehr. Aber wißt ihr, wie wir es machen sollten? Was wäre, wenn wir einen Fachzirkel für Heimatkunde gründen würden?

Franzl: (Mit ängstlicher Stimme) Ach, Herr Lehrer, das ist ja eine ganz trockene Geschichte!

Lehrer: Wieso? Damit du sehen sollst, daß es nicht der Fall ist. Die erste Hausaufgabe gebe ich euch im vorhinein: Jeder soll eine humoristische Geschichte sammeln, die irgendwie mit dem eigenen Dorf oder mit einem der Nachbarsdörfer etwas zu tun hat, es kann auch ein Schmählied, ein Sprichwort oder sonst etwas Lustiges sein.

Seppl: Darf man auch mehrere sammeln, Herr Lehrer?

Lehrer: Natürlich! Aber jetzt ans Lernen! Auf Wiedersehen!

Alle: Auf Wiedersehen, Herr Lehrer!

(Ende)

Deutscher Kalender, 1977

Lache is gsond

In der Nochkriegszeit woarn hoat viele von unsne Landsleit traurich un krank. Ich hon lang net gewißt, wos tie Ursach war, ower späder sen ich traufkomme: Mir hon aafach net lache kenne! Erscht hatte mr kan Grond drzu, un pis mr schon monchmal hätte Gelegeheit ghot zun Schmunzle, noch hatte mr unser Mottersproch so weit vergesse, es mr tie Poins nimmi erkennt hon un net gewißt hon, wu mr lache muß. Trbei waaß heintzutogs schon jeder Oarzt un jeder Esel, es Lache gsond is un billiger als alle Oarzneie. Tarem well ich jietz e poar Witzstecker vezehl, es unser Volk wieder lache konn, wal jietz gibts Gott sei Dank schon immer mehr Leit, tie wos unser Mottersproch vrstehn un herzhoft lache kenne. Gsundheit!

⋆

Es woar noch en erschte Weltkrieg. Unse Großväter hatte den Krieg vespielt, ower mir hot se toch als Helde betrocht un hot se gfrecht, wos se sich winsche täte, wenn se tie Möglichkeit hätte. Tr aa hot ksocht, er hätt gern e kudi Melkkuh, wal er hot ville Kenn, tr anner hätt liewer e Joch Feld koat. Wie tie Reihe on Kosper Vetter komme is, hot ter ksocht: „Ich winsch mr so e langi Broatwurscht, tie wos von mein aane Urwaschl pis zun annen reicht!“ Tie Reporterin hot sich gstaunt un hot ihn ermahnt, er soll sichs gut bedenk. Sie hot gemaant, er hot vleicht en Luftdruck kricht un is net kanz komplett. Ower tr Kosper Vetter hot nur schelmisch gschmunzlt un hot of sein erschte Wunsch bstanne. Wie tie Fraa ihn so pesser betrocht, sickt se, es er nur aa Urwaschl hot. Jietz hot se schon gspannt, es to wos hennetroh steckt, un hot gfrecht: „Kosper Vetter, wu is eier anner Urwaschl?“ „Pei Doberdo!“ woar die Antwuet.

⋆

Frieher woarn pei uns viele Jochtgänger. Tr aa hot pesser schisse kenne, tr anner weniger kut, ower tr schlechst Schitz woar tr Lang, tr woar pei tr Kraasjocht tr gferlichst, hauptsächlich fir tie annern Jächter. Unner te Hoase hot ‘r net vill Schode ogericht. Unner solche Umstände woar net zun Staune, es mr verzählt hot: Tie Hoase setze peinand un spiele Koarte, Klawrias. 0f aamol hiern se Schisse fall. Tr aa stellt sich of zwaa Fiß un schaat tremrem un secht noch: „Tes is nur dr Lang, to kenne mr ruhig noch e Runde spiele!“ (Heintzutogs prenge tie Hoase ka Koartpartie mehr zomm...)

*

Tr Matheis Vetter un tie Nani Woas hatte ka Kenn, tarem hon se sich vill mehr em ihne Haustiern gekimmert, wie annern Bauerschleit. Wie die Katz amol dr Schlurke hatt, hot tie Nani Woas ihrn Mann kleich in die Apothek gscheckt. Tr Matheis Vetter hot en Herr Apotheker alles erklärt un gsocht, er well etwos fir die Katz. Tr Herr Apotheker hot tremremgezeicht un hot gsocht: „Matheis Vetter, wos tr to sickt, tes is alles fir tie Katz!“

*

Mir hade in selre Zeit ka Katz, ower umso mehr Mäus, hauptsächlich in dr Kommer. Iweroll hon die Mäusfalle gstanne, immer woarn poari tren, nur aani woar ploß leer, ower net zugfalle, ohne Maus un ohne Speck. Tes woar om End schon ärgerlich, pis mr net es Rätsel gelest hade: Tie „Maus“, wos ten Speck aus tr Falle gesse hot, woar tie Linda, unse klani Tochter. Sie is of vieri higeretscht un hot ten Speck so gschickt rausgenumme, es tie Falle net zugschnappt hot.

*

Linda woar net nur in Speckrausnehme gschickt, sondern in Rechle aa. Wenn sie die Schokoladi getaalt hot, noch hot Helga, tie Groß, immer gflennt:

„Meins is klenner!“ Linda hot tes klaa Steck zureckgenumme un hots verproche: „Ta, Helga, host a zwaa!“

★

Helga woar die Mehrwissendi un hatt immer kute Rotschläge: „Linda, eß Salot, to is vill Vitamin tren!“ Trauf tie Antwuet: „Ich prauch ka Vitamin, ich well Fleisch!“

★

Unser Töchter hon als klaane Mäderjie nur teitsch gekennt, ower tes gut. Owets hot Helga ihre Motter immer gebettelt: „Mami, vrzähl uns noch von ‘Robi Hund’ ower von ‘Schapracus!’“ Wie se noch zwesche tie Schulkenn komme sen, hot aa Mädje gemaant: „Noch so klaa un kenne schon Teitsch!“ Ower von de Schulkenn hade se in zwaa Monet ungrisch gelernt...

★

Friher woar pei uns Schwowe ter Geprauch, taß of Neijoahr un zu Oster tie Tet komme is. Sie hot fir ihre Taafkenn Gschenge geprocht un tie Kenn hon ihre Motter bekleide tirwe. Pein Zurechtmache hot tie Motter ihrn Suh unerricht: „Noch net es t’ wieder so vill eßt, es ich mich scheme muß!“ – Er merkt sichs aa, un wie die Tet secht: „Eß, Pheterjie, ich waaß toch, tu eßt Turte gern!“ gibt ‘r schnell zu Antwuet: „Dank scheh, Tet, ower mei Motter hot gsocht, ich sen scho soat!“

★

Ter Ernes hot seiner Motter aa immer zu vill gesse, wenn se irgendwuhie kange sen. Em so, re Zeit hot se ‘n immer enich ‘n Tisch hamlich of ‘n Fuß getrede, es ‘r aufhein soll. Amol sein se ins Nochperschturf of tie Kirmes kange, noch hot tie Motter ksocht: „Na, Ernes, heint kehn mr zu meiner Schwester, heint terfst so vill ess, wie st wellst.“ Tr Ernes hot aa tichtich eigepackt, so es ‘s seiner Motter toch wieder zu vill woar, un sie hot ‘n hamlich e peßje auf ‘n Fuß getrede. Er hot auf s’ gschaat un hot schee weidergesse. Jietz hot sn pesser auf ‘n Fuß getrede. Tr Ernes hot se traurich ogschaat un hot mit weinerlicher Stimm ksocht: „Motter, ich konn ower nimmi mehr!“

⋆

Tr Herr Apotheker Sch. wear en hoat gebildete, sympathische Mann, nimmi ganz jung un ohne Fraa, tarem hot me ‘n Junggesell genennt. Wenn ‘r geredt hot, noch hot ‘r hauptsächlich gstottert. Amol is mein Nochperschpu in die Apothek kange – tie gressern hon in gscheckt – un hot velangt:
„H-h-Herr Apotheker, i-i-ich well Fl-Fl-Flehpulver!“ Tr Apotheker hot von enich ‘n Pult en Meterstock hergenumme (Ich waaß pis heint noch net, wos ‘r mit ‘n Meterstock hot in de Apothek gemesse) un hot ogfangt, mein klane Nochper zu treiwe. Ter wär jo gern nausgspronge, ower in de Tier hot tr Postmann, der alt Zeitler, den Weg vesperrt. Ter hot zugschaat un hot gelacht. Pis ‘r ower gseche hot, es wirt ernst, noch hot ‘r ksocht: „Herr Apotheker, ter stottert aa.“ In ten Moment is tr Herr Apotheker stehgepliewe, hot ten Meterstock wieder enich ‘n Pult gsteckt un hot ten Klane ganz heflich gfrecht: „Wos wellst, mein Junge? Flehpulver? Na, wern mr gleich schaae!“ Er woar so ruhig wuern, es er sogoar es Stottern vergesse hat.

NACHWORT

Der Gute Gärtner – Engelbert Rittinger
(Fünfkirchen, 17. Oktober 1929 – Fünfkirchen, 26. Juni 2000)

„Du Guter Gärtner, Du sei mir gegrüßt“, redet Erika Áts im Gedicht „Winterfuge“ Engelbert Rittinger an und erinnert somit an das wohl Wichtigste bei diesem Mann – daran, daß er mit Leib und Seele Pädagoge war, Pädagoge, der eine ganze Nationalität, die Ungarndeutschen, erziehen wollte.

Sein Heimatort war Kascha/Kiskassa, Jahrzehnte lang lebte er in Ratzpeter/Újpetre. Matura im Jesuitengymnasium von Fünfkirchen, anschließend Studium an der Landwirtschaftlichen Akademie in Ungarisch-Altenburg. Nach einem Semester wurde er wegen erfundener Beschuldigungen der Akademie verwiesen, danach war er Tagelöhner, Dresch- und Bauarbeiter, Angestellter. Drei Jahre Militär, zwei Jahre Studium an der Pädagogischen Hochschule zu Fünfkirchen. Als Volksschullehrer unterrichtete er Ungarisch in Besedek, dann 20 Jahre in Kascha, nebenbei war er Kulturhausdirektor und Bibliothekar. Nach Ablehnung seines Aufnahmegesuchs an den deutschen Lehrstuhl der Fünfkirchner Hochschule für Lehrerbildung konnte er erst in den 70er Jahren ein Ergänzungsstudium absolvieren. Seit der Zusammenlegung der Dorfschulen unterrichtete er in Ratzpeter.

Rittinger setzte sich dafür ein, daß Traditionelles in der Kultur der Ungarndeutschen nicht über Bord geworfen wird, kämpfte für die Pflege der Muttersprache und plädierte für eine würdige Beteiligung der deutschen Nationalität am Leben Ungarns. Gleich, ob er als Lehrer oder als Würdenträger der Ungarndeutschen in Budapest das Wort ergriff, stets

waren seine klaren und ebenso deutlich formulierten Gedanken zu beachten.
Engelbert Rittinger wurde 1994 zum Vorsitzenden der Deutschen Minderheitenselbstverwaltung in Ratzpeter sowie zum stellvertretenden Vorsitzenden des Verbandes der Deutschen Minderheitenselbstverwaltungen in der Branau gewählt und war bis 1998 Mitglied der Landesselbstverwaltung der Ungarndeutschen. Seine dichterische und Lehrertätigkeit und Teilnahme am öffentlichen Leben bereicherten seine engere und weitere Umgebung, unsere Kultur. Beim ersten „Tag der Ungarndeutschen“ 1997 erhielt er unter den ersten die hohe Auszeichnung „Ehrennadel für die Ungarndeutschen in Gold“.
Er hat nie ein Hehl daraus gemacht, daß seine literarische Tätigkeit, mit der er, durch das Preisausschreiben der „Neuen Zeitung“ ermuntert, 1973 begann, auch im Dienste dieser Bemühungen steht. Als guter Lehrer wußte er freilich, daß man nicht von früh bis spät direkt politisieren kann. Man muß mal einen Scherz, eine Anekdote, einen unseriösen Gedanken einflechten, mal eigene Blößen zeigen, mal Widersprüche aufdecken, „der Fortschritt kommt ja immer von Widersprüchen“, vor allem muß man aber stets mit gutem Beispiel vorangehen.
Über den literarischen Wert der Gedichte und Kalendergeschichten Rittingers kann man geteilter Meinung sein (mit bescheidenen Äußerungen wie „Ich will mir keinen literarischen Namen erwerben“ schien er Zweiflern vielleicht allzu viele Tips zu geben), einiges läßt sich jedoch getrost feststellen.
Erstens: Was Engelbert Rittinger machte, knüpfte gerade durch die pädagogische Intention an die besten Traditionen der deutschen Literatur in Ungarn an.

Zweitens: Rittinger war der massenwirksamste und vielleicht populärste unter den Gegenwartsautoren, man könnte sagen, der ungarndeutsche Dichter par excellence.

Drittens: Will man nach Jahren aus der Literatur Authentisches über Freuden und Leiden der Ungarndeutschen heute erfahren, so schlage man am besten Rittingers Texte und vor allem die Briefe an den „Liewr Freint, Seppi" auf.

Sein selbständiger Band, erschienen 1985, trägt den bezeichnenden Titel: „Mir ungrische Schwowe". Márton Kalász übersetzte von ihm einige Gedichte ins Ungarische. Zwei Gedichte wurden von Johann Mandulás vertont. Er arbeitete gerade an einer erweiterten Neuauflage seines Buches, das nun den Titel „Verschiedene Verhältnisse" trägt, dessen Erscheinen er leider nicht mehr erleben konnte.

Einem Reporter, der sich danach erkundigt hatte, warum er seine Mundartbeiträge gerade mit dem Namen Wastl Schwungrad signiert, erklärte Rittinger: „Ich bilde mir nicht ein, daß das Schwungrad die Maschine treibt. Vor über dreißig Jahren war ich aber Drescharbeiter, und da konnte ich beobachten, daß das Schwungrad den gleichmäßigen Gang der Maschine sichert und bei Belastung aus den Tiefs herauskommen hilft."

Ein klares Programm.

János Szabó – Johann Schuth

INHALT

Parallele Gedanken

Wenn der Herrgott Wunder will...

VUdAK-Bücher

Veröffentlichungen des Verbandes Ungarndeutscher Autoren und Künstler Herausgegeben von Johann Schuth

Reihe Literatur

Band 1: Josef Michaelis: Sturmvolle Zeiten. Gedichte 1976-1990. Budapest 1992. 119 S. ISBN 963-04-2032-5

Band 2: Valeria Koch: Wandlung. Gedichte. Budapest 1993. 75 S. ISBN 963-04-2338-3

Band 3: Josef Mikonya: Krähen auf dem Essigbaum. Erzählungen, Gedichte. Budapest 1994. 223 S. ISBN 963-04-3238-2 ISSN 1216-6323

Band 4: Stefan Raile: Dachträume. Erzählungen. Budapest 1996. 232 S. ISBN 963-8333-00-6 ISSN 1216-6324

Band 5: Robert Becker: Faltertanz. Gedichte. Budapest 1997. 112 S. ISBN 963-8333-01-4 ISSN 1216-6324

Band 6: Valeria Koch: Stiefkind der Sprache. Ausgewählte Werke. Budapest 1999. 232 S. ISBN 963-8333-04-9 ISSN 1216-6324

Band 7: Engelbert Rittinger: Verschiedene Verhältnisse. Ausgewählte Werke. Budapest 2001. 240 S. ISBN 963-8333-05-7 ISSN 1216-6324

VUdAK-Bücher

Veröffentlichungen des Verbandes Ungarndeutscher Autoren und Künstler Herausgegeben von Johann Schuth

Reihe Kunst

Band 1: „Dort drunt an der Donau". 22 Graphiken von Robert König und Texte zur Geschichte der Ungarndeutschen. Budapest, 1996

VUdAK. Künstlersektion des Verbandes Ungarndeutscher Autoren und Künstler. Budapest, o. J.

Weitere Veröffentlichungen

Ungarndeutsche Literatur der siebziger und achtziger Jahre. Eine Dokumentation. Herausgegeben von János Szabó und Johann Schuth. Budapest, München 1992. 324 S. ISBN 963-04-1283-7 ISBN 3-88356-082-0

Andreas Latzko: Der Doppelpatriot. Texte 1900-1932. Herausgegeben von János Szabó. Budapest, München 1993. 240 S. ISBN 963-04-3138-6 ISBN 3-88356-094-4

*

VUdAK – Verlag des Verbandes Ungarndeutscher Autoren und Künstler
Budapest, VI. Lendvay u. 22 II. H-1062
Anschrift: Budapest, Pf. 224, H-1391
Tel.: +36 1) 302 67 84, +36 1) 302 68 77
Fax: +36 1) 269 10 83
Mobilfunk: +36 30/956 02 77
E-Mail: neueztg@mail.elender.hu

Neue Zeitung

Wochenblatt der Ungarndeutschen

Sie haben die Möglichkeit, über die
Neue Zeitung Stiftung
auch die Arbeit der Redaktion zu unterstützen.
Die Spenden sind abzugsfähig.

Forintspenden können direkt auf folgendes Konto
überwiesen werden:
K&H Bank Rt.
Kontonummer: 10200830-32315114-00000000
Die Stiftung schickt Ihnen gern einen Scheck zu,
auf dem Sie Ihre Spende einzahlen können.

Devisenspenden werden erbeten an:
VDA e.V. Deutsche Bank AG, Bonn
BLZ: 380 700 59 Konto-Nr.: 0398990 / 10
Stichwort: **Neue Zeitung Budapest**

Sie können bei der Steuererklärung auch verfügen,
ein Prozent Ihres Steueraufkommens an die Neue
Zeitung Stiftung zu überweisen.
Die Steuernummer der Stiftung ist: 18012855-2-42